炉边独语

罗家伦散文精选

罗家伦 著

泰山出版社·济南·

图书在版编目（CIP）数据

罗家伦散文精选 / 罗家伦著. -- 济南：泰山出版社，2024.1

（炉边独语）

ISBN 978-7-5519-0783-5

Ⅰ.①罗… Ⅱ.①罗… Ⅲ.①散文集－中国－现代 Ⅳ.① I266

中国国家版本馆CIP数据核字（2023）第093893号

LUBIAN DUYU LUOJIALUN SANWEN JINGXUAN
炉边独语：罗家伦散文精选

责任编辑　徐甲第
装帧设计　路渊源

出版发行　泰山出版社
　　社　　址　济南市泺源大街2号　邮编　250014
　　电　　话　综　合　部（0531）82023579　82022566
　　　　　　　出版业务部（0531）82025510　82020455
　　网　　址　www.tscbs.com
　　电子信箱　tscbs@sohu.com
印　　刷　山东通达印刷有限公司
成品尺寸　150 mm×230 mm　16开
印　　张　14.25
字　　数　175千字
版　　次　2024年1月第1版
印　　次　2024年1月第1次印刷
标准书号　ISBN 978-7-5519-0783-5
定　　价　39.00元

凡　例

一、本书收录了作者的散文经典文章或片段节选，主要展现了作者的学术历程、情感操守，以及当时的时代风貌等。

二、将所选文章改为简体横排，以适应当代的阅读习惯。所选文章尽量依照原作，以保持文章的时代韵味，部分内容参照当下最新的整理成果进行了适当修改。

三、所选文章没有标题或者标题重复的，编辑时另行拟加或改拟。

四、对有些当时惯用的文字，如"的""地""得""作""做""哪""那""吧""罢""化钱""记帐"等，仍多遵照旧用。

目录

- 001 五四运动宣言
- 003 五四运动的精神
- 005 学术独立与新清华
- 011 我和清华大学
- 028 抗战时期中央大学的迁校
- 048 中国大学教育之危机
- 060 新乐教
- 064 生命的意义
- 071 知识的责任
- 081 文化的修养
- 089 侠出于伟大的同情
- 097 信仰理想热忱
- 104 历史的先见
- 110 最近十年的回顾

- 116 　记辜鸿铭
- 120 　吴稚晖先生的风格
- 124 　蔡元培时代的北京大学与五四运动
- 149 　留德学生痛击梁士诒
- 154 　我所认识的戴季陶先生
- 159 　胡适之先生出任驻美大使的经过
- 167 　坛坫风凄
- 171 　元气淋漓的傅孟真
- 186 　刘师培做侦探的经过
- 188 　女画家孙多慈
- 190 　从朱德群教授的画谈到艺术
- 192 　为地质学而追念两位亡友
- 197 　圣雄证果记
- 204 　和平村纪游
- 211 　诺曼第巡礼
- 214 　海边寂寞的生辰
- 218 　重游巴黎
- 219 　一次访问一个观摩

五四运动宣言

现在日本在国际和会，要求并吞青岛，管理山东一切权利，就要成功了。他们的外交，大胜利了。我们的外交，大失败了。山东大势一去，就是破坏中国的领土。中国的领土破坏，中国就要亡了。所以我们学界，今天排队到各公使馆去，要求各国出来维持公理。务望全国农工商各界，一律起来，设法开国民大会，外争主权，内除国贼。中国存亡，在此一举。今与全国同胞立下两个信条：

（一）中国的土地，可以征服，而不可以断送。

（二）中国的人民，可以杀戮，而不可以低头。

国亡了，同胞起来呀！

民国八年五月四日上午十点钟，我方从城外高等师范学校回到汉花园北京大学新潮社，同学狄福鼎（君武）推门进来，说是今天的运动，不可没有宣言，北京八校同学推北大起草，北大同学命我执笔。我见时间迫促，不容推辞，乃站着靠在一张长桌旁边，写成此文，交君武立送李辛白先生所办的老百姓印刷所印刷五万张；结果到下午一时，只印成二万张分散。此文虽然由我执笔,但是写时所凝结的却是大家的愿望和热情。这是五四那天唯一的印刷品。

著者谨志

五四运动的精神

什么叫做五四运动呢？

民国八年五月四日北京学生几千人因山东问题失败在政府高压的底下，居然列队示威，作正当民意的表示。这是中国学生的创举，是中国教育界的创举，也是中国国民的创举。大家不可忘了——列队示威，在外国是常有的事，何以我们竟把他看得大惊小怪呢？

不知这次运动里有三种真精神，可以关系中国民族的存亡。

第一，这次运动，是学生牺牲的精神。从前我们中国的学生，口里法螺破天，笔下天花乱坠，到了实行的时候，一个个缩头缩颈，比起俄国、朝鲜的学生来，真是惭愧死人哩！唯有这次一班青年学生，奋空拳，扬白手，和黑暗势力相斗，伤的也有，被捕的也有，因伤而愤死的也有，因卖国贼未铲除而急疯的也有，这种的牺牲精神不磨灭，真是再造中国的元素。

第二，这次运动，是社会制裁的精神。当这个乱昏昏的中国，法律既无效力，政治又复黑暗，一班卖国贼，宅门口站满了卫兵，出来时候飞也似的汽车，车旁边也站满了卫兵，市民见了，敢怒而不敢言，反觉得他们有神圣不可侵犯的样子。他们也未始不扬扬自道："谁敢犯我！"哪知道一被手底无情的学生，把那在道的吓得如丧家之犬，被棍打得发昏个"二十一"，他们那时候才知道社会制裁的厉害！这次学生虽然没有把他们一个一个地打死，但是把他们在社会上的偶像打破了，以后的社会制裁，更要多哩！我敢正式告我国民道：在这无法律、政治可言的时候，要使中国有转机，非实行社会制裁不可！

第三，这次运动，是民族自决的精神。无论什么民族，却是不能压制的。可怜我们中国人，外受强国的压制，内受暴力的压制，已经奄奄无生气了，当这解放时代不能自由，还待何时？难道中国人连朝鲜、印度人都不及吗？这次学生不向政府、直接向公使团表示，是中国民族对于自决的第一声。不求政府、直接惩办卖国贼，是对内自决的第一声。这次运动是二重保险的民族自决运动。

总结以上的理由，我也不用多说了。只是高呼道：

学生牺牲的精神万岁！

社会制裁的精神万岁！

民族自决的精神万岁！

学术独立与新清华

——民国十七年九月十八日在国立清华大学校长就职典礼时讲

在中国近代史上,革命的潮流常是发源于珠江流域,再澎湃到长江流域。但是辛亥革命的时候,革命的力量到长江流域就停顿了,黄河以北不曾经它涤荡过,以致北平仍为旧日帝制官僚军阀的力量所盘踞,障碍了统一的局面十几年。这回国民革命军收复北平,是国民革命力量彻底达到黄河流域的第一次,这是中国历史上一个新的纪元。国民政府于收复旧京以后,首先把清华学校改为国立清华大学,正是要在北方为国家添树一个新的文化力量!

国民革命的目的是要为中国在国际间求独立、自由、平等。要国家在国际间有独立、自由、平等的地位,必须中国的学术在国际间也有独立、自由、平等的地位。把美国庚款兴办的清华学校正式改为国立清华大学,正有这个深意。我今天在就职宣誓的誓词中,特别提出"学术独立"四个字,也正是认清这个深意。

我今天在这庄严的礼堂上,正式代表政府宣布国立清华大学在这明丽的清华园中成立。从今天起,清华已往留美预备学校的

生命，转变而为国家完整大学的生命。

我们停止旧制全部毕业生派遣留美的办法，而且要以纯粹学术的标准，重行选聘外籍教授，这不是我们对于友邦的好意不重视，反过来说，我们倒是特别重视。我们既是国立大学，自然要研究发扬我国优美的文化，但是我们同时也以充分的热忱，接受西洋的科学文化。不过我们接受的办法不同。不是站在美国的方面，教中国的学生"来学"，虽然我还要以公开考试的办法，选拔少数成绩优良的学生到美国去深造；乃是站在中国的方面，请西方著名的，第一流不是第四五流的学者"来教"。请一班真正有造就的学者，尤其是科学家，来扶助我们科学教育的独立，把科学的根苗，移植在清华园里，不，在整个的中国的土壤上，使它开花结果，枝干扶疏。

我动身来以前，便和大学院院长蔡先生商量好如何调整和组织清华的院系。我们决定先成立文、理、法三个学院。文学院分中国文学、外国文学、哲学、历史、社会人类五系。理学院分数学、物理、化学、生物、心理五系。我到了北平以后，又深深地觉得以中国土地之广，地理知识之缺乏，拟添设地理系，为科学的地理学树一基础。我们不要从文史上谈论地理，我们要在科学上把握地理。把我们这片庞大的疆域，用科学的方法，作有系统的整理。不是从书本作纸上谈兵，而是从地形学、地文学、测量学、制图学乃至航空测量学，以得到精密可靠的地理知识。至于工程方面，则以现在的人才设备论，先成立土木工程系，而注重在水利。因为华北的水利问题太忽视了；在我们附近的永定河，还依然是"无定河"。等到将来人才设备够了，再行扩充成院。

法学院则仅设政治、经济两系，法律系不拟添设，因为北平的法律学校太多了，我们不必叠床架屋。我们的发展，应先以文、理为中心，再把文、理的成就，滋长其他的部门。文、理两学院，本应当是大学的中心。文哲是人类心灵，能发挥得最机动最弥漫的部分。社会科学都受他们的影响。纯粹科学是一切应用科学的基础，也是源泉。断没有一个大学里，理学院办不好而工学院能单独办得好的道理。况且清华优美的环境，对于文哲的修养，纯粹科学的研究，也最为相宜。

要大学好，必先要师资好。为青年择师，必须破除一切情面，一切顾虑，以至公至正之心，凭着学术的标准去执行。经改组以后，留下的十八位教授，都是学问与教学经验很丰富而很有成绩的。新聘的各位教授，也都是积学之士。科学是从西洋来的，科学是进步的，所以我希望能吸收大量青年而最有前途的学者，加入我们的教学集团来工作。只要各位能从"尽心教学，努力研究"八个字上做，一切设备，我当尽力添置。我想只要大家很尽心努力，又有设备，则在这比较生活安定的环境之中，经过相当年限，一定能为中国学术界放一光彩。若是本国人才不够，我们还当不分国籍的借才异地。一面请他们教学，一面帮助我们研究。我认为罗致良好教师，是大学校长第一个责任！

至于学生，我们今年应当添招。我希望此后要做到没有一个不经过严格考试而进清华的学生；也没有一个不经过充分训练，不经过严格考试，而在清华毕业的学生。各位现在做了大学生，便应当有大学生的风度。体魄健强，精神活泼，举止端庄，人格健全，便是大学生的风度。不倦的寻求真理，热烈的爱护国家，积极的造福人类，才是大学生的职志。有学问的人，要有"振衣千仞冈，濯足万里流"的心胸；要有"珠藏川自媚，玉蕴山含辉"的仪容，处人接物，才能受人尊敬。

关于学生，我今天还有一句话要说。就是从今年起，决定招收女生。男女教育是要平等的。我想不出理由，清华的师资设备，不能嘉惠于女生。我更不愿意看见清华的大门，劈面对女生关了！

研究是大学的灵魂。专教书而不研究，那所教的必定毫无进步。不但无进步，而且会退步。清华以前的国学研究院，经过几位大师的启迪，已经很有成绩。但是我以为单是国学还不够，应该把它扩大起来，先后成立各科研究院，让各系毕业生都有在国内深造的机会。尤其在科学研究方面，应当积极的提倡。这种研究院，是外国大学里毕业院的性质。我说先后成立，因为我不敢好高骛远，大事铺张。这必须先视师资和设备而后定。二者不全，那研究院便是空话。我上面指出来要借才异地，主要的还是指着研究院方面而言。老实说，像我们在国外多读过几年书的人，回国以后，不见得都有单独研究的能力。交一个研究实验室给他，不见得主持得好；不见得他的学问，都能追踪本科在世界学术上最近的进步；不见得他的经验和眼光，能把握得住本科的核心问题。所以借才异地是必要的。不过借才异地的方法，不能和前几年请几位外国最享盛名的学者，来讲学一年或几个月一样。龚定庵说："但开风气不为师。"那种办法，只是请人家来"开风气"，而不是来"为师"。现在风气已开，那个时期已过。我心目中的办法，不是请外国最享盛名的人来一短期，而是请几位造诣已深，还在继续工作，日进未已，而又有热忱的学者，多来"为师"几年。在这期间，我们应予以充分设备上和生活上的便利，使他们安心留着，不但训练我们的学生，而且辅导我们的教员。三五年后，再让他们回国；他们经营的研究室和实验室，我们便可顺利的接过来。我认为这是把科学移植到中国来的最好的办法。但是这需要不断的接洽，适当的机会，不是一下可以成功的。假以时日，我一定在这方面努力进行。

一切近代的研究工作，需要设备。清华现在的弱点是房子太华丽，设备太稀少。设备最重要的是两方面：一方面是仪器，一方面是图书。我以后的政策是极力减少行政的费用，每年在大学总预算里规定一个比例数，我想至少百分之二十，为购置图书仪器之用。呈准大学院，垂为定法，做清华设备上永久的基础。我想有若干年下去，清华的设备，一定颇有可观。积极置办设备，是我的职责；但是我希望各院系动用设备费的时候，要格外小心。我们不能学美国大学阔绰的模样。我们的设备当然不是买来当陈设的；我们也不能把任何设备准备到"得心应手"以后，才来动手做研究。我们要看英国剑桥大学克文的煦物理实验室的典型。这个实验室在一八九六年方得到一次四千镑的英金，扩充他狭小的房屋及设备；一九〇八年才另得一项较大的数目，七千一百三十五镑英金，来做设备的用途。当一九一九年大物理家卢斯佛德教授（Rutherford）主持该实验室的时候，每个部门的研究费每年不过五十镑，而好几位教授还要争这一点小小的款子，来做研究。但是这个实验室对于世界科学的贡献太大了！

我站在这华丽的礼堂里，觉得有点不安；但是我到美丽的图

书馆里，并不觉得不安。我只嫌它如此讲究的地方，何以阅书的位置如此之少，所以非积极扩充不可。西文专门的书籍太少，中文书籍尤其少得可怜，这更非积极增加不可。我以为图书馆不厌舒适，不厌便利，不厌书籍丰富，才可以维系读者，我希望图书馆和实验室成为教员学生的家庭。我希望学生不在运动场就在实验室和图书馆。我只希望学生除晚上睡觉外不在宿舍！

至于行政方面人员的紧缩，费用的裁减，我已定有办法。行政效率不一定是和人员之多寡成正比例的。我们要做到廉洁化的地步。我们要把奢侈浪费的习惯，赶出清华园去！

还有一件事我不能不提一下，就是清华基金问题。几个月前我担任战地政务委员主管教育处来到北平的时候，知道一点内幕，我现在不便详说。其中四百多万元的存款，已化为二百多万元。有第一天把基金存进某一银行去，第二天这某一银行就倒闭的事实，这不是爱护清华的人所忍见的。我当沉着进行，务必使它达到安全的地步，这才使清华经济基础得到稳定。各位暂且不问，这是我的责任所在。我更希望清华改为国立大学以后，将来行政隶属上，更能纳入大学的正轨系统，使清华能有蒸蒸日上的机会。

总之，我既然来担任清华大学的校长，我自当以充分的勇气和热忱，来把清华办好。我职权所在的地方，决不推诿。我们既然从事国民革命，就不应该有所顾忌。我们要共同努力，为国家民族，树立一个学术独立的基础，在这优美的"水木清华"环境里面。我们要造成一个新学风以建设新清华！

我和清华大学

民国十七年四月我随国民革命军再度北伐，经过了中途最大的障碍，日本军队借口攻占济南，切断津浦铁路，阻碍北伐军的进展，终究能够克服北京（后改北平），是一件很不容易得到的经历。当时我担任的职务，是战地政务委员，代表大学院兼管收复地区的教育，同时，我亦参与总司令部的重要决策。北京一下，所有各机关的接收工作，包括学校在内，都是由战地政务委员会负责办理的。我亲自参与接收的是教育和外交两部，至于对各学校的接收，因为正在暑假，学生已经分别回家，我所持的政策是指定原校的教职员继续负责，暂不更张，以保全各校的元气。

在这时期我只到过清华学校一次。那时候的清华还是留美预备学校的性质，分中等科与高等科两级，每级四年，一共八年毕业。学生向例由各省分别考试，学校训练不免偏重英文，而忽视国学和科学，其程度大约等于美国二年制的前期大学（Junior College）。其毕业生学文法的，大都能够插入美国大学三年级，而学理工的，就只能进一年级。凡是高等科毕业生，都全部派赴美国留学，每年至少有五十人以上。校址在西直门外清华园，校舍和环境都很好，学风也好，可是图书仪器等等，至多不过普通美国小型大学一年级的设备。在民国十年左右，因为外面的批评太厉害，于是该校接受胡适之先生的建议，设了一个国学研究所，又在民国十四年招了一班大学本科学生。虽然说是预备改大学，可是留美预备制的中等和高等科，仍然照常办理。当时这个隶属的系统不是归教育部，而是归外交部，在当时外交部积习甚深，而且不懂得教育的官僚控制之下，改革是困难的，发展也是畸形的。

北京收复，华北大局粗定以后，国民政府自然想到整理北平的高等教育。当时王正廷任外交部长，他以前在北京政府时代，亦曾担任过这个职务，深知道清华是外交部长的一个财源，也是外交部的禁脔，哪里肯放松，仍旧要清华归外交部主管。政府里面有人不赞成，他不得已，而提出一个由外交部会同大学院共管的办法。他要外交部参加的理由，是因为清华是美国退还庚子赔款办的，似乎外交部不参加，美国就不答应的样子，这种拿洋人来吓中国人的手段，是当年办洋务的人挟外力以自重的惯技。他突如其来的向大学院院长蔡元培先生提出他荷包里的清华大学校长人选，他误以为蔡先生是老好先生，不会持任何异议的。哪知道蔡先生对于大学校长问题看得特别郑重，立刻拒绝，并且说人选问题，他已经决定了，要找我去。这是对王正廷一个晴天霹雳，是他想不到的。

其实这件事我事前也毫不知道。那时候王正廷还是新投到国民政府方面来，而蔡先生是党国元老，他不敢违抗，也就忍下去了。于是他又出个花样，说是既由大学院和外交部共同管理，就应该设一个董事会，代表两部行使职权，他就从这个董事会里来做翻案文章，所以我到校以后，第一年许多的障碍就从此而生。一直等到我和董事会奋斗的结果，由国民政府会议决定取消董事会，把清华大学直隶于教育部（此时大学院已改教育部），清华大学才纳入国家大学的正轨。此后清华的校长做事，亦可以不受这畸形组织掣肘了。按国家的教育制度，哪里有国立大学还要设董事会的理由？此地我要补一句话，就是在国民政府发表我做清华校长的命令上，只是任命罗家伦为清华大学校长，而不是国立清华大学校长，因为当时规章未定，而先发表校长人选的。后来才由我草拟清华大学规程，呈请政府核定颁布。我在"清华大学"四个字上面加上"国立"两字，大学院认为是天经地义的，可是外交部用种种借口来反对，一开口就说怕伤美国的感情。我当时严正的驳斥他们道："美国的赔款是退还中国来办学校的，这个钱本来是国库的钱，现在美国退还国库，我们为什么不能用'国立'二字？"这样子才把"国立清华大学"这个名字称谓定了。我于动身前一天，请当时国民政府主席谭延闿先生写了一块"国立清华大学"的大字带往北平。

我到清华就职的那天，自己拟了一个誓词，提出学术独立为复兴中华民族的基础的主张（当时是军事初定，政府没有规定统一的誓词，所以我这个誓词是自己拟定，电请大学院核准的）。我就职的时候，是由张继（溥泉）先生监誓，我郑重地声明，清华要成为真正的大学，首先应该学术化；一个民族要独立，一定要学术能够先独立。我宣布此后清华废除旧制遣派全部毕业生赴美留学的办法，而着重发展大学本科，不但发展大学本科，而且还要进一步发展研究院。我认为与其派许多很年轻的学生到外国去留学，不如用这个钱请多少外国的名教授到中国来讲学，不但教我们的学生，而且帮助我们有坚强学术基础，与有技术研究兴趣的青年教授们一道研究，才能把近代的学术，尤其是科学，在中国的泥土上，尤其是在清华的校园里生根。我要澄清清华任何的积弊，减除任何的浪费，搜括任何的金钱，来做清华学术的建设。我这一篇演讲，在当时北方的空气中，仿佛像一个炸弹的爆发，可是我毫不在乎，以后我对清华的一切措施，都是按照这个方针进行的。以下我举几件有事实成果的措施，来给大家参考。

第一，院系。

清华从留美预备学校改为大学，自然院系的设置问题首先应当确定。我认为大学的重心，应当以文、理两院为主体，因为这是一切社会科学、自然科学的基础。清华的环境远在郊外，对于发展文、理两院格外适当。因为大学的组织法规定要有三院，因此先设立一个法学院，将原有的土木工程系暂归理学院，以后再把工学院建立起来。我对工学院除已有的土木工程系之外，首先预备发展的是水利工程，这项工程的人才，在华北的地区里最为切要。所以我最后的计划，是发展成为四院，并且先从文、理两院打下大学的基础。当时文学院分中国文学与英国文学、哲学、历史学四系，理学院分数学、物理学、化学、生物学、心理学、地理学六系，并将土木工程系附设在内，成为七系。

我对添设地理系，有浓厚的兴趣，因为中国讲了许多年的地理，所说的都是文、史、地混合的地理，而不是纯粹科学的地理。我的主张是若不赶快提倡科学的地理，把地形学、地图学各种专门的学科发达起来，则我们无法对我们广大的国土能够有实际科学整理的方法。我并且主张把气象学和地震学一道包括在地理系之内，局部地发展起来（我不办地质学系的原因，是北京大学已经有很好的地质学系，而且城里还有地质调查所，不必重复，不幸我离开清华以后，地理系改为地学系，于是地质一科，竟喧宾夺主，把地理反而挤得几无容身之地）。所以理学院较为庞大，共有七系。

法学院分政治学、经济学和社会人类学三系，我有意缓办法律系的原因，乃是因为北平各大学里的法律系的数量已经太多，而社会人类部门，却是许多有关社会科学的基础。我以文、理学院为大学教育的核心，这种观念，多少受蔡元培先生的影响，我自己在德国读书的时候，更使我相信这种观念是正确的。不过我的政策比较广泛一点，把工学院放在大学里，能够得到理学院从基本科学方面给它协助和影响，自然有很大的好处。后来我从美国麻省理工大学由工科大学而发展理学院的基本学系，以完成它重要的学术贡献，足以证明我这个看法是对的。在研究院方面，我自然极力扶植国学研究所的继续发展，把它纳入收容大学毕业生的研究系统。此外，我继续预备创办的是数学、物理和生物三个研究所，可是来不及在我任内完成。

第二，教授的选择和提高学术的标准。

我认为一个大学要办好，最重要的就是要教授得人。我不愿意把任何一个教授地位做人情，也决不以我自己好恶来定去取。我对于以前若干不学无术而借外力来干涉校政的洋教员，更觉有彻底甄别的必要。我到校的时候，西籍教员留下的还有十几个人，其中称职的如詹姆生（Jameson）、温德（Winter）等。成绩优良的，我不特续聘，而且加薪；其不称职的，我一口气去了六个。我的理由是清华学校，既然改为清华大学，是一个彻底的改组，自然不必受以前的拘束，何况这六个人的聘约已满，我现在只是不续聘而已。他们去运动美国使馆来说情，我提醒美国公使马慕瑞注意一点，就是若是留这些人在清华，决不是美国的光荣，因为他们绝对不能代表美国的学术水准。马慕瑞究竟是一个有学问的人（以后他担任美国约翰哈普金大学国际问题研究所所长），我这个话是能打动他的，所以他也就并不坚持，只说他是转达他们的意见而已。

其中最难应付的有一个人，此人名叫史密斯（Smith），以前清华的校长送了他一张终身的合同，而他是全校出名的"老饭桶"（全校的学生都是这样称呼他）。他教的是英文和拉丁文，在教室里丝毫不讲，一进来就叫甲生读一段，乙生读另一段，如此接连读下去，等到打下课铃了，他夹着书本就走。他对英文的教法尚且如此，拉丁文的高明可想而知！当时外文系主任王文显对我说："这个人在美国教初中都没有人要的，怎么样可以教大学？"这是确切不移的评语。他在清华有十几年了，我对于这张终身聘约，怎么办呢？我最后决定送他一张一年的聘约，并且注明，如果续聘或不续聘在六个月以后通知，更明白告诉他这是我对他最大限度的礼貌，因为清华学校已经改为国立清华大学了，教育的水准也不同了，所以我无法请你一世。他没有办法，也只有把这一年的聘约接受下来，到第六个月，我正式通知他不能续聘。以后他还给我许多小的麻烦和不近情理的要求，例如他写一封信给我，说是他在清华添了几个小孩子，所以每个小孩回国的旅费都要学校负担，这不但我给他的契约没有这条件，就是以前的终身契约里也没有这条件的，所以我断然拒绝。他再来信说他在中国买了不少器具，要学校替他搬运，这无理取闹的要求，我也拒绝。如此不近情理的要求有六七个之多，我没有答应他一个。最后他并不曾回国，在燕京大学找了一个事，薪水自然比清华要少。我赶走这"老饭桶"的事，不但在校的学生，就是许多毕业生也感到痛快的。

对于中国教授，自然在改组的时候也有去留，像陈寅恪、赵元任、金岳霖、陈达诸位硕学之士，我不但亲自去留他们，而且我认为待遇不公的，立即设法改进。当时有件有趣的事，就是外文系的吴宓教授，因为在五四新旧文学之争的时候，他攻击新文学运动甚力，并且同我打过小小的笔墨官司，现在我来做校长了，他怕我对他有所不利，托赵元任先生来向我打听消息。我大笑道："哪有此事，我们当年争的是文言和白话，现在他教的是英国文学，这风马牛不相及。若是他真能教中国古典文学，我亦可请他教，我决不是这样偏狭的人。"以后，我不但继续请他，并且对于他的待遇大事增加，并且倒成了很好的朋友。这位吴宓先生的趣事甚多，给我麻烦亦复不少，但不在这范围之列。

至于聘请教授，我倒有一个坚定的原则，就是我决不请有虚名，而停止了上进的时下所称的名教授；我所着眼的，是比较年轻的一辈学者，在学术上打得有很好的基础，有真正从事学术的兴趣，而愿意继续做研究工作的人。我认为只有在这个类型里求人才，才可以得到将来最有希望、最有成就的学者。当时我做校长时不过三十岁，自己年纪很轻，所以请的教授们，也都不过和

我上下的年龄。在这批人里面，以后产生了很多对学术很有贡献的学者，也产生了许多颇有事功的人物，把他们请来以后，供给他们一个安定的生活，良好的设备，让他们专心致志的去研究、去教育，所以早则三五年，迟则十年都能够各自表现他们的专长。在自然科学方面所出的人才最多，如萨本栋、萨本铁、周培源、杨武之、李继侗等，都是很有贡献的人。在中国文学方面，我很注意培养新文学建设的人才，而扬弃腐朽的传统，如杨树达、朱自清、俞平伯等诸位，都是我那时候请进去的。

在社会科学方面，如蒋廷黻、叶公超、浦薛凤、陈之迈诸位，都是特出的人才。并且我为了请蒋廷黻担任历史学系主任，得罪了我的老师朱希祖先生。这原因很简单，因为当时历史学系朱先生资格最老，若是要请系里原有教授担任系主任，这不但朱先生感觉不安，而且其他的教授也不肯；若是我让朱先生担任系主任的话，那朱先生因为是中国史学的专家，对于世界史学的潮流没有接触，自然无法使这个系走到现代化的路上，这是我要请蒋廷黻的理由。不巧那时廷黻在南开大学任教，要歇一年才来，所以这一年之内，我只有以校长的地位来兼史学系的主任，纵然得罪了我的老师，但是我为了历史学系的前途，也不能不为公义而牺牲私情了。

讲到外国教授方面，我既然去掉了若干位不学无术的外国人，我当然应该按照我开学时所宣告的主张，请几位第一流的外国学者，到清华来任教，所以我陆续请到的有英国剑桥大学的正教授I. A. Richards、美国芝加哥大学国际私法教授 Quincy Wright、哥伦比亚大学史学系教授 James T. Shotwell诸位。他们不但是外国正式的教授，而且是国际间著名的第一流学者，其余短期来演讲的人还有许多，这不但使清华增加了学术空气，而且可以给外国朋友们看看我们请教授的方针，是注重他本人的学术造诣，决不是排斥客卿。

第三，学生。

清华既然改为大学，其重心自然落到大学本科。我认为大学招收学生，应该重质不重量，做大学校长对于教授的职位和学生的学籍两项，是绝对不做人情的，入学考试一定要严格而公平。我对清华大学只希望它能够成为与美国普林斯顿大学一般的大学，学生人数不过二三千人，可是这种精而不多的队伍，却产生了许多学术的贡献。至于美国许多二三万学生的大学，虽然规模宏大，却非我所希望的。

清华从来没招收过女生，我到校以后，就把清华的大门为女生而开放。这件事我在招生时并没有事先呈请大学院批准，因为男女享受同等教育的权利，是政府应当赋予的。至于留学政策，既然废止全班资送留美的办法，却亦有采取补充措施之必要，因为在这个时期，我们还有许多种学科需要派学生到国外去深造的，但是这种出国深造的机会，不必成为清华毕业生的专利品，应当给各个大学优秀的毕业生，用考试的方法来公开争取这种权利。所以我宣布，每年设置留美学额十名，每名期限三年，经费比以前所给的要多一些，以便他们在外国研究院里能充分地利用时间继续研究。这个办法在第一年实行的时候，虽然以清华大学毕业生录取的为数较多，可是学术界都承认这是一种公开合理的制度。原有最后一班的清华旧制高等科的毕业班，以前招进来的时候，是答应他们全班及格的学生，一律可以派赴美留学的，既然是最后一班，当然继续派遣，从此结束。我想不到我把清华改制以后，立刻收了两个外国留学生，一个是德国公使Von Bosch的儿子，一个是瑞典女生叫Schmid，这是清华有外国留学生的开始。

第四，建筑。

大学整个校舍的分布和设计，是与大学学术的理想和发展的计划有密切关系的。我到校的时候，清华只有大礼堂、科学馆、图书馆、体育馆四个建筑，除大礼堂比较堂皇而外，其余的规模都很狭小，其他的零星建筑，都东添一所，西造一幢，毫无整个的安排。清华园的地点是很宽大的，我到校以前，大约有十年的时间不曾添过一个像样的建筑，也可以说是停顿了将近十年。现在既然改了大学，就不能不有新的建置，于是我把整个的校址重新设计，另画蓝图。这个计划不限于清华园内，而且打算把英法联军烧毁的圆明园亦圈到大学范围以内来（这个归并圆明园的计划，在我任内未曾实现，但在我离校三年以后，终究在中央政治会议里帮助清华达到这个目的，也就是完成我的预定计划，这片广大的圆明园面积不下一万余亩）。

清华校址的重新设计，应当考虑到以下几点：第一，是整个将来发展的计划；第二，是学术上使用的便利；第三，是教职员研究和生活的便利；第四，是学生德、智、体、群四项发展上的便利。我把这各点考虑清楚重订蓝图以后，就开始做必要的兴建。那时候经济困难极了，在一般人想来，清华是有钱的学校，可是那时候清华的基金在风雨飘摇之中，日益减缩。按月的经费，因为由外交部经手发给，财政权由他们的员司操纵，学校当局毫无通盘筹划的自由。我不愿意看他们的脸色，而且知道向他们谈教育建设大计是毫无用处的，在另谋基本解决的办法以前，我实在不能长久等待，于是先向中南、金城两个银行借款四十万，动工四个建筑。这四个建筑就花费了一百万以上，自然四十万是不够的，可是我做了再说。

这四个建筑：一个是图书馆，一个是生物馆，一个是男生宿舍，一个是气象台；还有三个：一个是化学馆，一个是水利工程实验室，一个是体育馆的扩充部分，也都设计完毕，预备继续兴建。这些建筑之中，我最得意的是图书馆。本来清华有一个图书馆，相当华丽，可是规模狭小，藏不了十万册书，坐不下二百个人，这是不够一个相当规模大学里图书馆的条件的。而许多人士建议，以为把原来一个"丁"字形的图书馆接成一个"工"字形的便好了。我认为不对，我觉得一个近代大学的图书馆，应当留最宽大的余地，做书库的扩充（书库的扩充，是一件最该注意的事。我知道在一九二二年的时候，芝加哥大学造一个新图书馆，其中书库可容三百万本书，以为在很长的时期内尽可够用了，哪料到不及十年，该校藏书已经超过三百万本，无地可容），所以我自己画一个图样，把原来的图书馆仅作为侧面的一翼，另外建一中心，在另一翼造一很大的阅览室，其中可容一千人读书的座位。这一个大阅览室，不但可以引起大家读书的兴趣，而且可以使一个学生进去之后，可以发生一种庄严伟大的印象，不禁油然而生好学之心。在阅览室底下一层，增辟几十间各系教授所用的小房间，让他们一人或二人利用一间房间，准备一切看书研究的便利，养成以图书馆为家的习惯。至于为书库所留的面积，至少有六七十亩的地方可以延长。这个扩大的图书馆，我原计划是用四十二万余元，等到完成，用到七十万以上，可说是当时我国国立大学中最伟大适用而有发展前途的一个图书馆。说到我任内已建的生物馆和待兴工的化学馆，也有相当大的规模，学生上课的实验室之外，还有教授研究的实验室，内部的设置也相当讲究。气象台建筑在一个小山上，其实不是在小山上，而是把小山挖空建筑在平地上，有点像个雷峰塔，上层为气象之用，下层我原定装置地震仪。体育馆本来的建筑很好，我又定下扩大计划，但是不及实行，是由后任完成的。学生宿舍的区域，我所选择的是在校园的北面，左边靠近体育馆，右边靠近图书馆，前后左右都是操场和球场。我的想法是大学里对图书馆、实验室不厌其讲究舒服，体育馆不厌其大，球场不厌其多，而宿舍则断乎不可讲究，这样才能使学生乐意到图书馆、实验室去工作，到体育馆或操场、球场去运动，免得老是留恋在卧室里高卧隆中！

第五，整理学校内部行政。

清华因为以前经济情形较为宽裕，所以浪费的情形在所不免。而且因为在老的外交部统治之下，许多积弊是由外交部传染来的，甚至于有外交部不能报的账，发给清华来报，其中有些骇人听闻的项目，是被我在就职以后发现的。至于行政松懈，更是无可讳言。我认为办学校，只有尽量节省行政费用，来从事学术建设，才是办学校的正轨，因此我决定从整顿学校的积弊着手，可是有时候我感觉到除弊比兴利还要困难。我就职以后，外交部对于在学校支配范围以内的经费，已经有所顾忌，不加干涉。又因为我约去的几位事务人员，都是清华的毕业生，愿意任劳任怨的，所以节省下来的经费不在少数。

改革教职员原有割据的习惯，倡立新的风气，并非易事。举一个有趣的例来说吧！清华改为正式大学以后，教授人数增加，尤其是单身教授宿舍不够分配，于是定一个办法，请单身的教授每人只占用一间房间（清华教授的房间相当爽朗宽大的）。吴宓教授一人住了三个房间，并且请梁任公先生题了一块匾名谓"藤影荷香之馆"，现在要他让出二间，自然他不高兴极了。但是我想不到他会写封正式的信给我，说是若是我要他让出这两间房间来，他要跳后面的荷花池自杀。我自然站在行政立场上，为解决其他没有宿舍住的教授的困难，一定要使这项行政的规定行得通，可是我也不愿意一个教授因此而自杀。好在办理事务的人是一位老清华毕业生、吴宓的旧同学，经他再三设法，居然办通了，我因此也免除了迫死人命的罪嫌。清华远在城外，教职员、学生的生活在一个区域以内，这区域宛然是一个小的都市，因此，大学校长亦无形中添了许多小市长的麻烦。

第六，基金。

清华的经费，我上面已说过，是由美国退还的庚子赔款拨充的。这宗款项可分为二部分使用：一部分为清华学校和清华毕业生派送美国留学生的经费；另一部分就是用不完的部分，存作清华基金，设有三人委员会管理，一个是外交总长，一个是外交次长，一个是美国公使。三人之中外交部占了二个，自然有多数决定之权，底下设二个执行秘书，都是外交部的职员，所以这项基金完全在外交部操纵处理之下，其如何存放与运用，除美国公使外，外界全不得而知。美国公使为对于外交部的客气起见，亦不

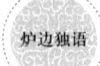

认真地过问。

很巧的是，在民国十七年国民革命军收复北京，我因为担任战地政务委员，在接收外交部的时候，发现到一个文件，就是一个英国会计事务所 Thomson and Co. 审查清华基金账目的报告。原件是英文的，我翻阅之后，甚为惊异。这报告上所列的清华基金总额已达五百多万国币，但是实数只有二百三四十万，一半以上都损失了。损失的原因何在呢？有以下几点：1.清华基金所购的公债，都以票面价当实价，而且从来不曾中过签，因为凡是中签的，管理人就买不中的换下去了；2.清华基金里有许多开私人抬头的股票证券，其中有龙烟铁矿的股票二十万元，上面是陈箓的抬头，陈箓是前外交次长，他从前投资在龙烟铁矿，后来该矿失败，股票跌价，陈箓就把这份股票在清华基金里提走了二十万现款。这份股票据汤姆公司的估价只值一元，他为什么要估一元呢？据该公司的理由是这样的，假定不给它一元的价格，这股票的款子，就没有着落了，其余还有平绥铁路的股票几十万元也是如此。还有一笔大有银行的存款，头天送进去，第二天这银行就倒了，诸如此类，看了令人发指。我那时候带了一个副本到南京来向大学院报告，当时虽然没有结果，可是这个基金内容的秘密被我发现了。

王正廷以前是做过北京军政府的外交总长的，现在摇身一变做了国民政府的外交部长了，他是在上海办交易所投机的专家，哪里肯放过这一笔利之所在的大宗款项？所以他要和大学院共管清华，并且想出共管的董事会制度，不是为了清华的教育，乃是为了清华的基金。他知道我是要清理这笔款子的，所以他一定要指挥董事会里面他的奴才来攻击我,使我不安于位。哪知道我虽然不一定要做清华校长,可是却下决心,要做到清查清华的基金和争取清华脱离外交部的掌握,纳诸大学系统。这两件事,我知道要达到这二项目的是不容易的,是要经过一场苦斗,所以我决定以去留来力争。同时,王正廷派管理清华基金的蒋履福和关菁麟二个秘书来向我讲好话,这二个人是为管清华基金而发财的,我难道会理他们吗?

这时候大学院已经改了教育部,由蒋梦麟先生担任部长。梦麟先生看穿了王正廷要管清华为了要染指基金,若是把基金脱离外交部,王正廷对于清华的兴趣亦就减低了。可是这两件事要做起来,是不能完全分开的。于是同时采取了两个步骤:第一个步骤是由我要求教育部长请求外交部长和美国公使召开清华基金董事会,商量基金处置事项。为了这件事,我亲自到北京去找美国公使马慕瑞,明白告诉他里面的积弊,劝他报告美国政府,既然退还了中国赔款,应该完全交由中国自己管理,以专责任,他犯不着也不必要参与管理。马慕瑞究竟是与学术有关系的人,居然答应我了。这个董事会是在南京召开的,他在北平不能来参加,于是派了驻南京的总领事 Price 做代表。恰巧,当民国十七年北伐军在济南受着日军攻击的时候,蒋总司令派我和曾养甫两人代表他去访问英、美总领事,答应保护他们的安全,Price 就是那时候的济南总领事,因此,他不但认识我,并且对我还有相当的好感。我同他坦白的谈了二点钟,他完全同意我的主张,并且他对他的公使去电报告,也作这个主张,马慕瑞的态度也因此更加坚定。我还怕王正廷临时玩别的花样,而蒋梦麟先生同王正廷是行政院的同僚，恐怕不愿意发生正面的冲突，所以我再在基金董事会开会之前，请戴季陶、陈果夫两先生在国民政府会议提出一个议案，将清华直隶教育部，自然董事会也就跟着取消了。我在开会之前分别拜访谭延闿、孙科两位先生，请求他们为教育保存元气。这个国民政府会议，是国民政府的最高会议，由国民政府委员组织的，所以行政院部长都不在内，里面自然可避免教育、外交两部间的正面接触。第二天，这个议案通过了。

我在基金会开会的前夕，在上海《申报》《时报》《新闻报》《民国日报》这四个大报里，发表一篇几千字长的谈话，把清华基金的内幕完全揭布。这一下，王正廷受不住了，所以基金董事会也就跟着取消，该项基金交由清华大学保管。这时候我辞职呈文跟着发表，我实在不愿意在这场恶斗之后，再回清华，于是到杭州去省亲，在西湖边上盘桓了二个星期，因为政府的敦促，和清华南下代表的挽留，我不久也就回校。可是我对基金第一个措施，就是主张该款不应由清华校长保管，而委托中华文化教育基金（China Foundation）代为保管，如何投资生息，委托该会办理。至于该款本息如何运用，则清华秉承教育部自有支配之权。到现在美庚款虽早已结束，但是清华基金在今年据梅贻琦校长的报告，已经积到六百万元美金左右。这也可以说是我当时一场苦斗的结果，我心里感觉到很大的安慰。

在此地附带说一件事，当我辞职到杭州省亲的时候，无意中遇到一位同学叫周仲舟，他告诉我他的岳父是杨文滢，那是一位老翰林，也是一位藏书家，他丰华堂的藏书，在江浙一带是很有名的，现在想要出让。我当时存了一个心，心里想，我这次离开清华,愿意替清华图书馆留个纪念,清华图书馆的中国书太少了,我愿意在交卸以前,买下这一大批书,以补清华图书馆这个缺陷。于是我打电报给清华图书馆主任洪有丰(范吾),请他来杭议价,结果以三万四千元最廉的代价,购得将近四万册精选的藏书。其中元明的刻本有二千八百多册,经抄本和批校本有二千五百多册,更有浙江的志书两百八十几部,从元朝起每府县修刻一次之志书,丰华堂都搜集到一部,这是最重要的浙江文献。最伤心的是,当抗战的时候,许多丰华堂善本的书和浙江志书全套,清华大学当事人把它们寄放在重庆附近的北碚工业实验所内,被日本一次大轰炸完全毁了,这是我觉得最可惋惜的事。

我是民国十九年离开清华的。我离开的主要原因,是因为阎锡山和冯玉祥联合叛变,勾结汪精卫在北京设立扩大会议,另组政府,当时物理系教授萨本栋先生开始在物理系装置了一架收音机,被阎锡山知道了,以为我们与南京通消息,派人前来搜查,前后在清华搜查过两次,并且预备一个山西人,是以前清华的毕业生,来做校长。这个时候,人心自然浮动起来,我在这种环境之下,更不能留在北京了,所以由天津坐海轮南下。等到冯、阎叛变平定以后,政府一再命令我回清华,这时候,我坚决不去了。我在清华校长辞职未准以前,为了表示决心,而且要回到学术界做一点教育的工作,遂至武汉大学担任了短期的教授,这是我的本心,也是我的初愿。我虽然主持清华不过两年,可是我相信我这二年中艰苦的奋斗,为清华打下了一个学术的基础。

抗战时期中央大学的迁校

自从九一八之后，跟着的就是一·二八上海淞沪之战，我就认为中日战争是一件绝对不可避免的事。等到以后就是长城的战役，造成了《塘沽协定》，到了民国二十四年五月二十九日，日本对于冀察问题提出无理要求，压迫中央军第二、第四两师和宪兵第三团退出北平，宋哲元退出察哈尔，在北平设立"冀察华北政务委员会"，这一连串的事实发生，我更觉得战鼓敲得愈来愈紧。我曾经为了商量冀察事变的问题，经重庆飞成都，我这次飞往成都，关于对日问题向蒋委员长有所陈述，一方面是表示我自己的见解，另一方面亦是代表中央政治会议里面一部分朋友们的意见。我和这许多朋友们，并不是不知道国际情势和国内状况在当时不宜于发动全面的对日战争，但是我们却反对当时亲日派和日本军阀政客胡调式的外交。我们主张要有一个最后的立场和方向，决不能退过这最后防线的一步，可是在没有退到这防线以前，我们亦应当不惜一种有限度的牺牲，免得日本军阀得寸进尺，而无限度的推进。我常常说，对于这般犷悍的军人和狡猾的政客，若是我们以严正的态度来应付他们，多少还使他们不敢过于放肆，这是中国古书上所谓"临之以庄则敬"的道理。当在南京汪精卫做中央政治会议主席、唐有壬任秘书长，对日态度非常软弱，而且唐的行为完全是一种胡调式的格局，在成都委员长行营里杨永泰任秘书长，也是一个以亲日著名的人。当这两个秘书长都在亲日的阵营之中，恐怕有许多其他意见都被他们埋藏起来了，所以中央政治会议里这班反日的朋友们，要我到成都去一趟，陈说我们共同的意见。

因此，我在二十四年五月下旬由南京起飞，坐了一架专机，改姓为熊，自称为交通部的熊参议，在武汉换了欧亚航空公司的水上飞机，沿着三峡江面，飞往重庆，耽搁了一天转机飞成都，和蒋委员长谈了三次，并且每天和陈布雷老是一道吃饭谈天，使彼此的意见沟通了不少。我为了要赶回中央大学来主持毕业典礼，乃由成都坐委员长的专机飞往重庆，在回程的时候，几乎出了一个危险。飞机师在凤凰山的机场加油待发，可是那天气候不好，飞机师不愿起来飞。在这专机上一共有四个人，一个是张发奎（这是他在民国十六年以后第一次和蒋先生见面），还有董显光、端纳和我。张发奎要我怂恿这个飞机师起飞（飞机师是德国人，名叫Lutz），他居然听了我的话。不过飞到重庆上空，云雾迷漫，找不到降落地点，在空中盘旋大约有二小时。张发奎要我劝Lutz飞回成都，我说我再也不干了，因为在这个时候，我们只有听飞机师单独的判断，不能扰乱他的观察和决定。最后找到一个云洞，飞机俯冲下来，找到了一个两江合流的地方，最初以为是重庆，哪知道并非重庆而是合江，于是再沿江低飞到达重庆。下机之后，Lutz同我们拉拉手说："幸运，幸运，只有十分钟的油了。"我们更不能忘记那时候的飞机没有无线电的设备，虽然这还是委员长的专机。

因为气候不好，我们在重庆耽搁了两天半，我就利用这段时间在重庆观察地点，因为我从汉口飞重庆的时候，观察过了宜昌以后山地的形势，便感觉到若是中日战事发生，重庆是一个可守的地点。回程到了重庆，我便存了一个心，为中央大学留意一块可以建设校址的地方，我亦了解在中日战争的过程中，空袭是一个重要的战略，重庆山势起伏，层岩叠嶂，易于防空，觉得这是一个战时设校的理想地点。像沙坪坝、老鹰岩也是我游踪所到地方，可以说我这两天半在重庆的游览，赋给我对于重庆的形势一种亲切的认识。不久我就回到南京，我招呼总务处开始定做九百个大木箱，里面钉最好的洋铁铁皮，存在学校工厂的后边，因为数量太多，不能不搭几间临时的蓬屋贮藏。学校里的人对于我这个举动都觉得莫名其妙，最初还有人谈论，以后过久了，也就把这件事忘了。

到二十六年六月，蒋委员长在庐山办了一个大规模的训练班，召集了将近一千简任以上的官吏，一千四百多中学校长和教务主任，大约二千校官以上的将领，在庐山集中训练，这显然是为了准备将来万一发生的非常事变。同时更召开了一个庐山谈话会，约集了将近二百个全国各界的领袖和知名之士，大家交换国事的意见。那个夏天我被聘为庐山训练团的讲师，同时也是参加庐山谈话会的一分子。就在七月八日的一早，我和太太在一个美国学校的饭厅吃早饭（这个学校暑期放假，房屋租作招待所），在座有邵力子夫妇，忽然蒋委员长来电话，要邵力子去商量要事（当时邵任宣传部长）。邵单独去了，我们同他说，等他回来一道吃早饭。他果然很快的回来，一回来便说昨天晚上出了大事，日本军队借故攻击芦沟桥边的宛平县城，事态非常严重。我问他蒋先生的态度如何？他说非常镇定和坚决。早饭后情报虽然加多，可是大致不过报告炮战的情形。

那天下午一点钟，我在第二总队向全国中学校长和教务主任有两小时的演讲，第二队的总队长是孙连仲（第一队总队长是胡宗南）。我讲到最后忍不住兴奋起来，可是我不能当众宣布昨晚芦沟桥的事变，因为这不是我的责任以内的事，同时我也不能够完全缄默，我最后对大家说道："时局已经到最后关头，可能我们今天在此地讲话的时候，正是华北炮火连天的时候，我们要共同为国家作生死存亡的斗争。"我讲完以后，退到休息室，孙连仲、胡宗南和若干高级将领纷纷地问我这话什么意思，是不是有特别的消息？我就把上午我所知道的各项情报告诉他们，他们亦都兴奋得很。到下午五点钟，我去仙霞饭店看胡适之先生，刚好他从蒋委员长那里回来，我们就在树下的板椅上坐下，他告诉我方才和蒋委员长谈话的情形，他说蒋先生态度比他还要激昂。蒋先生对他说："胡先生，你从前批评《何梅协定》，我现在撕破《何梅协定》给你看，我们已经到了忍无可忍的地步，我已经下令派六师军队进河北省前往应援。"胡先生说："我们恐怕只有准备打仗吧！"我仍然回到美国学校吃饭，饭后，我走过河东路遇着孙连仲，他对我敬个礼，再同我握手道："我已经奉令下山，带一部分部队进河北，我今天晚上立刻动身，再见！"

以后两三天内不断的有若干军事和外交的接触，我因为要赶到南京主持中央、浙江、武汉三大学联合招考委员会，特别是为了出题目的问题，不能不下山回南京一趟。于是我由九江飞回南京，把联合招生委员会召集开会，解决了若干有关联合招考的重要问题，仍然飞回九江转上牯岭。在我离开南京的前一天，我召集了中央大学重要的几个行政人员，秘密地招呼他们赶快准备收拾重要的图书、仪器，陆续装箱，先拿这九百个箱子用，同时一面赶快添置。

我在离开南京以前遇到军政部长何应钦，我问他军事的情形，他说："津浦、平津二路已经有一千三百辆车皮准备运输六个师进河北，可是第一列开到正定的时候，宋哲元挡驾，他打电话到牯岭请示，委员长回答的电话是，已经运到正定的部队，先在正定下车，再把空车皮接运其余的部队，继续集中正定一带。"

我回到庐山出席十七日上午的庐山谈话会，蒋委员长就在那里坚定而激昂的宣布现在最后关头到了。隔了两天，他在海会寺举行训练团毕业典礼，他对于华北的军事和中国最后的立场，有一个明白的宣布，继续有一篇很长的演讲，题目是《建国的道理》。在结束的时候，他又说："现在我们到了最后关头，明天我们就要分手到各地去，站在自己的岗位上，为国家民族作生死存亡的斗争，我们今天在此可能是生离死别，希望大家为国珍重。"这篇演讲在烈日底下（因为海会寺在五老峰的山脚、鄱阳湖的湖边，气候非常的热）接连三个钟头，凡是在场的人，都是感奋万状，奔腾的热血，沉痛的心情，相对无言，可是大家都有千千万万说不尽的话。第二天我们就下山了。

我回到南京，一方面很镇定的举行三大学联合招生考试，考完之后，催促教授们赶快看卷子，一方面限定大家在两星期之内把重要的图书、仪器一齐装箱。八月十三日,上海的战争爆发了,"八一四"南京遭受日本大队重轰炸机的空袭。这队飞机是日本著名的木根井航空大队,由台北松山机场起飞的,那天倒很好,一口气打下他六架。以后南京天天有空袭,但敌人的目标还是在光华门外的机场和若干军事据点。以中央大学为主体并且参加了若干浙大、武大教授的阅卷委员会,在十五日已经把全部卷子阅完(那年投考的有一万一千人左右,评阅的卷子有六万多本)。到八月十九日下午所有的分数一律算好了,由三所大学合组的考试委员会在大石桥中央大学校本部图书馆阅览室开会,大致到了六点钟吃饭的时候,大体的决定已经有了,不过还有若干附带问题尚待继续商讨。六点钟,我们在图书馆楼上开始用晚餐,刚刚大家放下筷子的时候,天空的敌机不断的盘旋,我们起初以为它所找的仍是军事目标,不至于会炸到大学,所以不曾十分注意。

那时中大的警卫队长李治华君跑上楼来对我说:"敌机在上面盘旋,不怀好意,请赶快到图书馆最下一层半截在地下的书库里坐一下。"于是我约集其他两校的代表和本校的教职员,一共一百多人到地下书库,我为了要结束这个会起见,约集其他两校的代表坐成一个圈子,我自己拿了一把扶手椅,手放在扶手上正要坐下去的时候,忽而听见一声剧烈的爆炸,像天崩地坍一样,屋顶上的水泥纷纷像暴雨般的掉下来。这种强烈的爆炸声音,继续不断有十余分钟。飞机声音稍小,李治华君又赶下来向我报告道:"后面化学室起火,女生宿舍全部被炸。"于是乎我立刻出来,站在图书馆前的一个大日晷前面,督促本校员工救火。正在救火的时候,又听见一连串不断的爆炸声,天空红色的碎片横飞，响了十分钟之久，我们还是不问，把化学馆的火救熄。女生宿舍被炸变为平地，围墙以外成贤街农场的男生宿舍二、三层楼的门窗，几乎全部被震碎，可是男女宿舍两处均未伤人，只有正住建筑牙医专科学校大楼的工人炸死了五人，校工炸死二人，是最不幸的牺牲者。

说到女生和男生宿舍受到这种损毁而不曾伤人，几乎可以说是一个奇迹，但是其中有一段经过，是当时在场的人都知道的，我不妨补说一下。南京从八月十四被空袭起，来找我的客人大大的减少了。我的办公室在大礼堂的二层楼上，这个礼堂是为当年开国民会议建筑的，相当坚固，我的办公室就正对大门，女生宿舍靠近大礼堂的左边，是中国式的平房。因为客人稀少，我一个人在办公室里走来走去，忽而注意到邻近的女生宿舍，感觉到不妥当，于是坐下来下了一个条子，请女生指导员陈美瑜女士（她原是金女大教授，当时在中大卫生教育科任教），要她把住在宿舍里的女生限定在十九日上午一律搬出去，家在南京的回家，家不在南京的搬到三牌楼中大农学院女生宿舍里暂住。这个条子写好以后，我又在办公室走了若干个圈子，又想到男生宿舍二、三层楼不妥，因为男生当时没有空袭的经验，常常喜欢跑到屋顶上去看敌机，所以我又写了一个条子给男生宿舍管理员吴茂聪和汪瑞年二位，要他们把二、三层楼的男生，一起搬到一层楼居住。这两个条子送出以后，他们三位负管理责任的人，前后都来对我说，这个命令很难执行。女生指导员说，女生因为暑假之后，宿舍人少，洗澡又便利，觉到凉爽舒服。男生管理员说，因为这是热天，二、三楼房屋比较风大，男生也不肯搬，我很严厉地坚持非要他们做到不可。到了下午二点钟，吴、汪两君来报告我说，他们费了很大的气力把二、三层楼男生搬到一楼。在四点钟的时候，陈美瑜女士到图书馆会场里同我说，费了很大的唇舌，把女生搬出校本部的宿舍，方才搬完，她要请假两星期回浙江省亲，我自然答应了的。

可是在三小时之内，女生宿舍被炸，他们报告我说炸的时候，陈女士正在宿舍里，于是我下令叫他们赶快去挖。不想正预备了器具去发掘宿舍废墟的时候，这位女教授从倒坍了的宿舍旁边爬了出来，狂奔到图书馆门口来找我，只见她一身都是灰，后头跟着一个女工，原来陈女士从图书馆出来，正准备收拾行李明天回家的时候，忽而炸弹落下来了。女工王妈正帮她在理东西，立刻上前把陈女士抱住往地下一滚，她说："陈小姐，我们死在一道吧！"哪知这一滚，正滚在水门汀的洗脸台之下，这幢房屋倒坍下来的时候，虽然是石瓦横飞，可是他们在洗脸架之下却得到了庇护。等到轰炸停止，这一排架子底下成了一条小的弄堂，他们就从这弄堂内爬了出来，这是女生宿舍的情形。

至于男生宿舍，为什么二、三楼炸得门窗无余，而一层楼学生所居之地没有一人受伤呢？这些炸男生宿舍的炸片却与日本飞机所投的炸弹无关，因为北极阁上有若干门高射炮，有一辆装满高射炮弹的卡车，正准备开上北极阁去时，正值敌机当头，于是就在成贤街中央大学宿舍的墙外停下来。想不到这车炮弹受到了敌机炸弹的破片起火爆炸起来了，因为高射炮弹是挥发性向上的，穿透的力量不大，又在墙外，所以它爆炸的弹片向上飞，把围墙里的树木炸了许多，碎片再飞上去，破坏了男生宿舍二、三

层楼的门窗，底下一层反而无恙。

那一天单是在围墙里敌机投下的炸弹，二百五十公斤的一共有七枚，计四分之三公吨，来炸毁一个不成为军事目标的大学。其中离我最近的一个，就在图书馆书库的外面，炸弹坑距外墙只有三公尺，若不是一个钢骨水泥的墙隔着，那不只是我，在里面的一百多人，恐怕大部分毁灭了。第二天早上，我站在大门里马路旁的法国梧桐树下，拿了一支铅笔、一本拍纸簿，正在发号施令督促大家工作的时候，有四个女生跑来谢我，我说："你们真是小孩子！昨天你们还不搬，以为是我的虐政，今天倒谢起我来了。"也有许多男生来对我作同样的表示。这是一件很巧的事，许多迷信的人，或者以为我有什么神灵帮助，说不好听一点的话，或者是有什么巫术，其实我以为灵感都说不上，只是一个有责任心的人，在危险的时期，把他责任以内的事，多用了一点心思罢了。那一天还有一件可庆幸的事，就是在被炸毁的牙科临时房屋之内，有几十箱贵重的仪器，就在那天早上搬到下关，上了轮船向上游起运。

我虽然把一部分图书仪器开始搬运，可是这种措施，并未奉到命令，对于校址设在何处，虽然我自己胸有成竹，可是并没有呈奉政府决定。说到把中央大学迁移这个问题，当时正是议论纷纭，主张不一：卫戍司令部为了怕动摇人心，是绝对不希望中央大学搬的；教育部当时仍然希望中央大学在郊外选择比较安全的地点开学；胡适之先生主张我搬到安徽的九华山去；张岳军先生主张我搬到牯岭新造的图书馆和训练团里去。学校里许多教职员受了"蜀道难"的影响，都不主张远迁，有的主张至多迁到武汉，暂借武汉大学上课，说得顶远的，也只是到宜昌为止，到重庆几乎是一件不可想像的事。

我研究一切军事、地理和经济上的条件，有迁到重庆的决心。可是在中央大学没有轰炸以前，这个问题是在任何方面都难于得到赞同的，现在受了这种严重的轰炸以后，自然我说话容易一点。可是要迁得这么远，仍然是一件不易得到同情的事，我于是亲到陵园向蒋委员长说明理由，请他主持。我们讨论的结果，得到了他的同意和支持，使我可以放手的进行。

我回校以后，立刻请法学院院长马洗繁、经济系教授吴干先生向重庆出发，医学院院长戚寿南先生向成都出发（因为成都华西大学有医科，所以我想到把医学院搬到成都，对于功课上容易进行），而教育心理系教授王书林先生向湖南出发，请他在两湖一带亦做一个大致的观察，看是否可以发现适当的位址。他们都有极好的精神，我早上同他们讲，他们连自己家庭的安置一概不顾，下午便出发了，这种精神是极可佩，而极能使人感动的。在重庆和成都两路接洽的结果，来电报告都很圆满，正如我所预期。到两湖这路，王书林先生虽然很辛苦的跑了若干地方，却找不到真正适宜的所在。他在路上还遇着一件不愉快的插曲，他道经醴陵，是当时省政府主席何键的故乡，何键当政引用他乡亲最多，所以湖南人说他是"非醴不仕，非醴不听"。这位醴陵县长把王教授当奸细拘禁起来了，王告以是中央大学教授，并且把公函给他看，这位县长不知道南京有中央大学。他问校长是谁，王先生说是罗家伦，这位县长说："这个名字，我倒仿佛听见过。"这倒是对我意外的恭维，使我受宠若惊！可是我和这

位县长大人距离究竟隔得太远，使我无从为力。幸而王先生情急智生，想起了他的老同学朱经农正在湖南省政府做教育厅长，于是乎由王出钱，请县长代打电报给朱先生，得到回电之后，才蒙释放，已经受了两天的牢狱之灾。王先生在两湖之行既然没有效果，而重庆、成都之局面大体已定，所以我就请他驻扎在汉口设立办事处，一方面转运赴渝的图书仪器，一方面招待和转运西上的教职员和学生。

这两路的部署已定，我在南京就是加紧督促大家整理和包装，凡是可以带走的东西一齐带走。我自己常常拿了笔和纸亲自发号施令，凡是教职员到学校来探询的，我就立刻派他一件工作，大义所在，也从没有谁推诿。那时候我简直是学校里的"狄克推多"，我做了十几年的大学校长，从来没有像那时候这样的权力之大，和大家毫无异议更无怨言的服从，这真是我们知识分子民族意识最高的表现。我于是决定通知所有教职员，于十月十日以前在武汉办事处报到，十一月在重庆、成都分别开学。在成都方面，因为医学院同牙科学校的人数较少，华西大学规模很大，所以如期上课，还没有很大的问题。至于重庆，为校本部所在，学生人数众多，院系更是繁复，各科的实验室，亦须要特别布置，乃不得不兴建校舍。经马院长与重庆大学接洽，在他校址后边拨了一个山头，我们自行布置一个局面。这时候幸而我们还有一笔预备在南京中山门外建筑新校舍、不曾领用亦不曾用完的款项，大约还有五十几万元，于是我不顾一切，先拨二十六万为重庆沙坪坝建临时校舍之用，十万为运输和教职员旅费之用，这种权宜的措置，免除了许多请款领款的手续。

我请工学院教授原素欣和一位徐工程师飞重庆办理新建校舍事宜，他们居然发动一千八百多工人，在二十八天之内盖成可容纳一千多学生上课和食宿的校舍，这也真是一件了不得的成就。在这一切进行迁移和建筑的进行之中，我每天晚上一点到三点的时间，总在等候重庆的消息。在战争开始以后，从南京通重庆的电报非常的慢，有时迟到一个星期，慢的原因，由于南京到汉口这段无线电台，都为军用所占。在这种情况之下，我要和重庆互通消息，接洽应办事项，几乎是不可能的事。幸而重庆到汉口一段电报畅通，当天可到，而汉口接到南京的电话，到晚上一点钟以后可以接通，所以马院长用电报给汉口的王教授，王教授在一点钟以后用电话和我商量。这是一种传递的方式，有时候为了半夜的空袭，亦受到不少的干扰，可是对于大体上的进行，始终都能如期达成计划。

自从南京第一次大轰炸以后，中央大学有受到过三次轰炸。第一次被炸以后，大礼堂已相当残破，于是我搬到图书馆办公，总务处在附近的文学院办公，如斯者有一个多礼拜。忽然我发现文学院办公的单位，搬到农学院去了，我很不高兴，对总务长说："我尚在此，为什么同人们要搬到那边去呢？"我要他们搬回来，经总务长婉劝以后，我放弃了我的主张，可是我自己还不搬，不想第二天文学院果然被炸，若是当时我固执一点的话，可能有若干位同仁会受到灾害。在这个时期，无论是总务方面的人员也好，各系的教授、助教也好，都是一有工夫就到学校来为图书仪器装箱。

在九月底以前，凡是可以装运的，都已经运出。其中有件

很笨重的仪器，就是航空工程系的一个风筒，这个风筒是试验飞机模型所必需的设备，大约要值二十几万美金，其中最大的一件机器无法分拆的有七吨多重，要运上轮船，是件极不容易的事，因为没载这么重的汽车。我和航空工程系主任罗荣安先生说，请你负责把这个风筒运到重庆。他下了决心，风筒不运走，他决不走，居然以愚公移山的办法，把这庞然大物搬上了轮船，载往重庆，像这种精神，实在是值得赞扬。在这段期间，中央大学每次轰炸，我都在场，我自己家里的物件器具全部放弃，什么事先尽公家，亦只有这种做法，才可以对得住中央大学这些同事。若是我做校长的先顾自己的东西，我能责备谁应当先为公家着想？到九月底，学校的图书仪器搬完以后，我于十月初离开南京，到安徽屯溪为中央大学实验学校主持开学典礼。我是坐小汽车去的，我动身以前，安徽中学校长姚文采先生想搭我的车，要我到夫子庙莲花池去接他。我临出家门的时候，只带了两个小手提箱，不过装些换洗的衣服，就是书桌上的陈设，也一点没有带走。临走的时候，把各个房间巡视一番，心里觉得：第一，要带也带不了这许多；第二，在这伟大的抗战揭幕以后，生死都置之度外，还管什么东西？所以看过以后，只拿了一瓶香槟酒，是我在清华大学做校长的时候请客没有用完，带到南京的，我拿了这瓶酒上汽车的时候，指着这瓶酒发誓道："不回南京，我不开这瓶香槟。"不料正上车的时候，空袭警报又响了，我仍然在紧急警报下到达莲花池，接了姚先生一同出小南门，转向芜湖的国道。在路上遇着一队日本飞机，共二十一架去炸芜湖的机场，我们汽车在中途照常开行，因为我想它决不会因为我一部汽车，来变更它原定的目标。等到我到芜湖的时候，这一队日本飞机，又在我上面回航了。

说到实验学校这件事，实验学校名义上属于中央大学教育学院，供全体学生实验的，可是我总认为，若是能办一个好的中学，为大学储备好的学生，也是件值得的事。所以我对于实验学校发生了直接的兴趣，请许本震（恪士）做主任，从幼稚园办起，办到高中，成为一个最完备的学校。教员标准选择得很严，多半都是中央大学优秀的毕业生，所以实验学校的声誉，在抗战以前江南一带，已经达到了很高的程度。这次日本飞机轰炸实验学校校舍，是在半夜的时候，我一知道学校被炸的消息，就立刻亲自去看，我正站在一个炸弹坑旁的时候，一个很忠于学校的老校工跑到我前面来，跪在地下痛哭，我很感动。我指着炸弹坑，对在场的教职员和工友说："敌人要炸毁这个学校，我一定要复兴这个学校，敌人能炸毁的是物质，敌人不能炸毁的是我们的意志。"所以在迁校时，中大有许多位院长和系主任都不赞成把实验学校西迁，自然因为中央在那时候经费窘迫，怕顾全不到实校。还有一点理由是很充足的，就是中学生年纪太轻，多半跟家庭走，现在他们的家迁移未定，我们带这许多小孩走，很难负责，但是我还是决定把实校西迁。第一步我把它放在屯溪，以后因为军事的情形局部吃紧，经长沙搬到贵阳，在贵阳城外马鞍山建筑校舍，成为一个很好的中学，因为实验学校的图书仪器均全部搬出来了，同时实验学校里几十个多年磨炼出来的优良教师，仍是集合一起没有散掉。这一件是至今许多贵州人说起来还是感激的，因为这个学校给了贵州几千个青年比较好的中学教育。

现在让我们回到大学本部迁移的问题上来。这次的迁移，可以说是"尽室而行"，凡是可以搬得动的东西都搬走了，尤其是图书仪器，毫无损失，所以到四川以后，各院各系不但可以照常开课，而且一切的实验，都仍旧照着平时的标准进行。从这方面来说，恐怕可以说中央大学是抗战期间保全实力最多、维持教育水准最高的一个大学。当全校离开南京的时候，我并且把南京的校舍——搬不动的房子，也有一个处置，就是把它移交给红十字会的伤兵医院。关于搬家彻底的程度，我还可以补充两件小事来说明，一件是中央大学医学院人体解剖学的死尸二十几个用药品制过的，戚寿南院长认为这是一到四川开学就要用的，舍不得丢掉，把它全数带到成都；第二是农学院农场的牲畜，当开始迁移的时候，我和民生公司总经理卢作孚先生商量，要他改造一条轮船的一层，为装牲畜入船之用。卢作孚本来在成都办了一个家畜保育所，对于改良畜种很为热心，却受到了四川所谓五老七贤这般人的攻击。要想改良畜种，当然要饲养牲畜与不同的饲料，于是乎这些读孔孟之书的老者、贤者，就引了"狗彘食人食而不知检"这类的话大肆攻击，所以卢作孚受了一肚子的委屈。现在听说我要把中央大学一大群的畜种运往四川，他大为高兴，除了与他愿望相符，还可以给他洗刷"狗彘食人食而不知检"的污蔑的责备，所以他接受了我的要求，改装了川江轮的一层。我叫农学院把每一种畜种选一对上船起运，这条船拿基督教的《圣经》故事来作比喻，就是等于"罗哀宝筏"（Noah's Ark），拿中国的诗句来说就是"鸡犬图书共一船"。所以我同四川朋友讲笑话说："我们这次中央大学迁到四川以后，留下来文化的种子多少，现在还不敢断定，可是牲畜的种子，可以保证为你们确实的留下来了。"

关于牲畜的迁移，还有一个极动人的故事在后面，因为除了选了的每样一对畜种之外，还有许多留下的牛羊等等，怎么办呢？我在将离开南京以前，把管农场的一位职员王酉亭先生找来，亲自对他说："这留下的东西，交给你，在敌人未到南京以前，你设法保管。万一敌人攻陷南京，那时你若是认为无法维持的话，不得已而放弃，我也决不怪你。"哪知道到南京攻陷前三天，他看见情形危急，居然把全部牲畜移到大胜关农场，再由大胜关用木船运过长江，迂回的循着陆路游牧起来了，由安徽到河南，由河南转湖北，到宜昌之后才上木船到达重庆，这样的游牧，近乎有一年的时间。当然沿途的费用，我都随时接济他，或是请当地县政府先行垫付，可是这漫长的路程是不容易走的，有时候背后就是敌人，而这些高贵的"慢牛"（很多是荷兰和美国种），毫不知道发急，一天只能走十几里路，走了两三天，必得休息一个星期，装了笼子的各种鸡鸭，在路上要请牛先生帮忙背负。可是奇妙得很，从南京出发到重庆，这些大的牲畜没有死亡一个，还添了一条小牛。在第二年的深秋，我由沙坪坝进城，已经黄昏了。司机告诉我说，前面来了一群牛，很像是中央大学的，因为他认识赶牛的人，我急忙叫他停车，一看果然是的，这些牲口长途跋涉，已经是风尘仆仆了。赶牛的王酉亭先生和三个校工，更是须发蓬松，好像苏武塞外归来一般，我的感情震动得不可言状，就是看见牛羊亦几乎和看见亲人一样，要向前去和它拥抱。王酉亭在中大的职位，不过是事务员，月薪不过八十元，到这个时候有这种了不得的精神表现出来，真可以说是"时穷节乃见"。因为大家有这种精神，所以中央大学能做到完整的撤退。

开学以后，在松林坡的四周，陆续添了好些必需的房屋，同时我在嘉陵江边的岩石里凿了一排极坚固的防空洞，可以容到五千人以上。这批防空洞以后发挥了很大的效用，在抗战的第二年，敌机时常空袭重庆，当空袭警报一发，我立刻就叫他们把重要的文件和贵重的校产挑选进防空洞。等紧急警报一发，我就绕着松林坡巡视一周，帮同防护团的团员（包括教授与学生组织的）驱逐在四周逗留的学生进洞，习以为常。有好几次，我把学生倒赶进去了，可是自己不及进洞，敌机却已临头。中大虽然在沙坪坝被炸多次，赖有这样的防空洞，在校本部的毫无死伤。我把中大迁到沙坪坝的时候，亦料到校址虽在郊外，但是和重庆大学、南渝中学聚集在一个角落，敌人是不会放过的，所以我在民国二十七年春，又在嘉陵江的上游，离重庆有三十华里一个四山环抱的地方叫北溪（后来改为柏溪，因为此处柏树成林），另辟一校舍，专为一年级之用，其实许多图书仪器的复本亦藏在此处，每天用木船来往运送，使教育与保存双重目的同样达到。因此，敌机纵然炸了几次沙坪坝中大的校舍，我们还是没有受到很多的损失（有两次正是暑假的时候，大部分的图书仪器早已运到柏溪，学生亦一部分疏散在该处）。

讲起敌人轰炸我们文化机关的毒辣手段，真是令人觉得可恨可鄙。在我手上，中大在南京被炸过四次，在重庆又是四次，他决不饶过这个大学。在二十九年阴历中秋期间，日本空军对重庆实施九天九夜的疲劳轰炸，九天九夜之中，没有一个时间解除过警报，吃饭只是在防空洞里吃点干粮，睡觉亦在里面打个瞌盹。可是大学行政的人员与防护人员，还要不断的为公共福利而奔走，大家毫无怨言，行若无事。那年中秋节的晚上，我在防空洞里和教职员谈天，改了一首唐诗念给大家听，这本来是唐人一首中秋望月的诗，我只改动了几个字，诗曰："中庭地白树栖鸦，冷露无声湿桂花。今夜月明人尽躲，不知炸弹落谁家。"朋友们听了大笑，问我为什么在这种紧张的时候，还有这般闲情逸致，我的回答是："在紧张的时候，难道痛哭流涕吗？我们不妨有点幽默感吧！"

在抗战期间，中大的功课颇有调整。我不反对有志的青年投笔从戎，但是我不赞成所有的学生，都牺牲学业走上战场。我这话并不是要他们偷安苟活，乃是要他们对于这生死存亡关键的民族战争中，能够各就所学发挥，有更大实施的力量。在抗战发动前三年，我对于中央大学的课程中，已经注意到如何调整，以适应战时需要的问题，如理学院开设弹道学、军用化学，等等，在战前即已开始。我提倡得最早的就是航空工程，在民国二十三年我就开始把特别机械研究班招考大学工学院机械系和电机、土木三系的毕业生，给他二年航空工程的训练。所谓特别机械，不过是航空机械的化名，以掩蔽敌人的耳目而已。等到二十六年战事一爆发，我立刻开办航空工程训练班，将工学院前三系的学生加一年航空训练，由航空委员会调派服务，以后就正式成立航空工程系。在这个部门，中大提倡得最早，毕业的学生在抗战时期，及以后在空军及航空界服务的最多。我办医学院和牙医专科学校的目的，除了为提倡科学的医学和增进民族健康而外，更有一种积极的任务藏在里面，就是预备抗战时期担任救死扶伤的工作，这都是求其高者而言。后来中央大学医学院迁到成都的时候，因为教授的学术水准为其他的大学所推崇，所以彼此之间合作得很好，由中大、华西和齐鲁三校的医学院合组成一个三大学联合医院。以后因为学生人数加多，实习的便利不够，于是我同四川省政府主席张岳军先生商量，合办了一个公立医院，这是四川第一个不是教会办的医院，也是对于四川军民一件实际的贡献。

还有一种确实基本的工作，在战时由我提倡，后来颇着成效的，就是技工训练班的设置。中国工程教育，或者可以说科学也是如此，有一个很大的缺点，就是只有高级工程师，而没有工头——就是熟练的技工。所谓职业教育的技工部门，老实说大都是有名无实，我看见战时兵工厂里面，和迁川的工厂里面，这种基本干部的恐慌，实在是急需医治的病症。那时候我和兵工署长俞大维先生商量，后来又和资源委员会负责人商量，广泛设置技工训练班，利用中大的助教教课，实习工厂给学生实验，招收初中一、二年级学生，给他们一年实际的训练，使其成为工厂的干部。若是中大的工厂设备不够的话，可以分派在各兵工厂实习，毕业后由兵工厂录用，并且各工厂只要他们的工程师肯负担这种教育工作，他们自己也可以同样的开办。这种的训练班办法实行以后，在短短两三年中，也居然训练了二千人以上（包括各方面）熟练的技工，到现在台湾的兵工厂，和一般工厂里还有不少受过那时候训练的人，将来中国要工业化，这办法也是值得酌量采用的。

总之，中央大学在抗战时期，始终没有降低过学术水准。物质上大家觉得苦一点，但是精神上倒反而比以前还要愉快，"同甘苦，共患难"六个字，当时是确实做到的。以后学生人数膨胀到三千多人，实验的功课，自然不免受到相当的影响，因为种种的原因，尤其是经费上遭遇了不能由我来克服的困难，所以我离开中大。我对于有关抗战的任务，是从不曾推却过的，在珍珠港事变的时候，曾奉令有事于云南、贵州，以后转向到大西北，尤其是新疆。我在离开中大那一年的春天，在松林坡上种了一棵松树，就在种树的时候，做了一首诗："龙孙手植感凄然，待尔参云我白颠。终不羡人种桃李，花开花落是明年。"我愿意我主持过的大学的学生，不要做三春桃李，而要做岁寒松柏，这是我教育的理想，也是我对于教育的期待。

中国大学教育之危机

现在提出一个问题来向各位报告和讨论，就是目前中国大学教育之危机。大家都知道国内各方面希望于大学教育的非常殷切，而大学教育是否能符一般人的希望，实是一个疑问。兄弟这几年来继续不断的办理大学教育，已有八年，在八年中间，目击身受的事情很多，所遇见的困难也不少。总理说：革命的基础在于高深的学问。但是中国目前研究高深学问的机关的状况究竟怎样，我们不能不加以深切的反省和考察。一个国家的现状，往往就是过去大学教育的反映。现在中国的情形，正可以说是十年以前中国大学教育的反映。（当然，中国的教育情形比外国复杂得多，除了国内的大学教育以外，还有国外大学教育的影响。）无论政府与党部各机关服务的人员，大多是十年或五年前受大学教育的人。现在国家到此地步，老实说一句，我们十年或五年前受大学教育的人，至少应该负大部分的责任。现在这样，再看后十年的情形也是这样。后十年的国家时事，就是现在大学教育的反映。现在的大学教育好，将来的情形也就会好；现在的大学教育坏，将来的情形也就会坏。后之视今，犹今之视昔。想到这一点，我们实在有点觉得不寒而栗！

教育的目的，在培养国家和民族的元气，本来是不能计近功的。目前国家不知有多少重要的问题需要解决，而尤其急需着手的，莫过于民族生存的力量培养问题。在这一点上，现在的大学许多不能符合全国人民的希望。现在中国的大学，所感到的困难很多，有的是自身应当解决的，有的乃是在本身以外的。举其较重要者，约有下列几端：

第一是基础教育问题。我们知道大学是教育最后阶段的陶冶，而每个青年，从家庭、幼稚园、小学而至中学，大部分的性情在入大学以前，已经陶冶成功一个畴范。要在大学教育的短短四年中间，加以改革，把根基不好的重新建筑一新，是很不容易的事情。这几年来，国内中学大部分实在办得很有缺陷，而大学直接与中学相衔接，因之也受到很密切的影响。固然中学办得好的也是不少，不能一笔抹杀，但大部分的中学实在办得太坏。兄弟这几年来大约考过两万以上的高中毕业生，每年至少要与二三千以上的中学生接触，发现现在中学生的缺点太多，尤其基本知识的训练太过贫乏。国文的试卷，不论文言或白话，通顺的很少，外国文之坏，也出乎意料。从前的大学预科程度相当于现在的高中，过去大学预科毕业的学生，大多能够直接看外国文书籍，而现在的高中毕业生能够看原版书籍的，就不多见了。中国人是向来讨厌数目字的，"大概""大约"等笼统副词每每是中国人的口头禅；一般中学生也都有讨厌数学的倾向，因为文艺书籍的引诱，常常以"性情不近"为理由，就将数学一笔抹杀，这实在是最危险不过的事情。现在的科学是建筑在数学上面的，数学打进去的学术才能确定成为科学。譬如数学打进了天文的范围，天文学就成为准确的科学；其他物理学、化学、心理学、经济学等也莫不如是。这几年来各大学生入学考试,一千本数学试卷中间,打零分的总在五百本以上,数学程度低劣到这个地步,还谈什么科学的研究!此社会科学中间,史地程度之坏,也是无以复加。这一点影响民族精神很多。有一次某大学新生入学考试,西洋史试题中有一问题:"凡尔登在何处?在欧战中占何重要地位?"有人答道:"凡尔登在江苏阜宁县,地位非常重要,如果西洋人听了,就有亡国灭种之优。"又问:"日俄战争在何处发生?"有人答:"日俄战争发生于香港、广州之间,日本人用飞机炸死许多广东人民。"又有一次问,"鸦片战争始于何时?终于何时?"有人答:"始于明朝,终于元朝。"诸如此类,简直是骇人听闻。现在国内无论哪一个大学,新生入学试验成绩全部在六十分以上的,很难到百分之一二。当然我们并不是因为大学办不好,来责备中学,大学办不好,办大学的人固然应负之责,但是中学是大学的基础,假使大学的一二年级还要拿来补习中学的功课,则四年的光阴如何可以支配。兄弟目击身受,感触太多,所以止不住多说几句。当然对于办理成绩卓著的几个中学,依旧表示十二分的钦佩。

第二是大学本身课程不甚适合实际要求,而且往往教学不认真。许多基础教育缺陷的中学毕业生到大学里来,大学加以切实整理,已属难事,何况大学本身的课程,也有缺陷。现在中国的大学课程往往太多,名目太好,而实际不能相符。拿中国国内大学的课程和国外有名的大学相比,恐怕它们都远不及中国的完备。大家都说,大学不是灌输知识的地方,是研究学术的场所。这话很好,德法的大学,尤其能符这种企求,但是德法的中学生是受过怎样的训练！例如德国的中学学生，在第八年已经读完微积分和许多基本的科学：读文科的除希腊、拉丁文之外，至少还读好一种外国文字，可以看书。经过这样长期的铁的训练以后来进大学，自然可以切实进行研究的工作。美国的情形，便稍有不同，所以美国的大学比较严紧，学生的听讲笔记和实习报告，都是要限期呈缴的。中国现在的大学，则因陈义过高的结果，弄到教课既感不足，研究亦复不够。至于功课的组织，也成问题，希望国内学者，能急起指教。现在国内大学的功课，往往缺有机体的组织，应用的对象也不甚确定。按照中国的实际环境，我们究竟需要造成哪种研究最切，哪种人才最殷，实在值得我们慎重的考虑。大学的功课本有许多是不计近功的，如纯粹科学原理的研究，本来很难指定其有什么用途。譬如牛顿发明三大定律的时候，决想不到后来在机械方面会有这么广大的利用。这种纯粹科学的研究，自然需要，但是时代和环境所需要的学问，也同样需要。因为做纯粹的学者，以谋对于人类知识总量的贡献，虽属可贵，却不能期之于人人。大学的经费来源是国家的税收，是出于人民的负担，所以大学对于国家民族的生存问题，不能不负一种责任。大学的课程，断不可把外国大学里好的都采取过来，还要问问自己国家民族的需要。譬如研究植物的人，断不能只知道外国的植物，而不辨乡里田园的蔬果。又譬如学财政经济学的人，只知道马克思、蒲鲁东、李嘉图、亚丹·斯密士的学说，而忽略了本国经济的情形和田赋租税的状况。环境要认明，对象要确定，这样则学的人也就易于感受兴趣了。

第三就是感觉到设备不充分。中国的大学，设备大都不够。

工欲善其事，必先利其器。现代的科学，尤其是需要设备的。设备是研究学问的重要工具，也是研究学问的重要鼓励。办教育的人，应当节省任何费用，以从事设备，国家也应当尽力补助学校经费，指定不为扩充行政之用，而为其增加设备之用。中国是穷的国家，我们决不是也决不当拿设备来做装饰。设备当以实际研究的工作为对象。利用设备的人，也应当体念民生物力之艰难，充分爱惜，充分利用。西洋也有几个学者，在不完备的实验室里，倒有很好的成绩，以后到富丽堂皇的实验室里，成绩反不如前的现象。不过就国家立场，要就不办大学，要办大学，便应当把它的设备弄好来。还有因为大学科系性质重复的太多，未加整理，以致同样初级的设备太多，高深的设备，因经济分散，反而太少。这也是可惋惜的事。

第四便是感受师资人选的困难。这或者也是因为大学太多的缘故。中国的大学，依照人口作比例，当然不算多，但就延聘师资而论，则中国的学者实在不敷支配。因为愿意一生一世献身于学术研究的人，虽然也有，却也不多，这种现象不只中国如此。在中国更加上政府与学校抢人，学校与学校抢人，于是人才更感恐慌。现在政府的行政效率，无论怎样，但是任用留学生与大学毕业生数量之多，确为从来所未有。学校经费较为困难，以致教授待遇不及政府人员之优厚。如普通大学教授的待遇，至多不过三四百元，而政府荐任官吏，可以高至四百元，简任官吏高至六七百元，所以与其在大学做一教授，不如在政府做一技正或科长、司长。大学教授的待遇如果不能提高到相当限度，要大家安心研究学问，恐怕是很困难的。

照上面说来，中国的大学似乎很难办好，其实也不尽然。我们只要明白症结之所在，而有整个计划与决心以赴之，是可以根本改进的。大学办不好的原因，有几点是属于大学本身的，当然应该自己去努力；也有几点是属于大学以外的，当然需要各方面的通力合作。第一，基本教育应严格办理，尤其是中学。学生基础不好，补救实在困难。政府对于各公私立中学，也应严加考核，去年实行会考以后，各大学入学考试的成绩就比较好一点，这也是一个很显明的证据。同时，大学对于新生的录取，也应严加选择，因为大学教育本不是普及教育。就是苏俄的教育计划，也只听他们努力造成多少万工业技术人才，没有听说他们扩充多少万大学生名额。可见大学应该重质不重量。质好了，一个人可以抵几个人用。现在美国和日本都感觉大学生太多。中国的大学生虽然不能说多，但大学毕业生及其失业者的比例，却是很大。有许多毕业生社会简直无法容纳，尤其以在法科毕业的为最多。所以我们主张，第一步中学严格办理，第二步大学严格考录新生。每一个大学生，按每年国家所费于他的钱平均来计算，约在一千元以上。这都是老百姓的血汗，全国人民的担负。所以如果不想造就人才则已，否则就要使造就的人才个个精纯，个个有用。第二，办理大学应有确切的方针。分别认清学术的本体和环境的需要，使课程的组织成为精密而系有机体的。既定以后，就须严格执行，不以虚声相向，不求名目好听。务使其对于民族生存问题，发生密切的连锁。若是大家把课程的对象和意义认清楚了，不但可以助长学术的发展，并且可使学的人也知道努力的方向。第三，要集中人力财力，先从整顿几个重要的大学着手。

政府应该下决心，首先尽力发展几个大学。集中有限的财力和人力，充分给予经费，以供设备。把几个大学整顿好来，才能造成新的学术重心。所谓转移学风，不是下几道命令可以做到的，唯一的方法，是要认定几处地方，集中一批真能努力研究的学者，予以较优的待遇和充分的设备，让他们以身作则，天天在研究室里做功夫，做出一些榜样给学生看，使青年知道真正的学问是什么，是怎样做成的。不愤不启，不悱不发。这种事实的昭示，实在重要。如果能使青年天天目濡耳染，潜移默化于这种浓厚的学术空气之中，自然能够兴奋，自然能够走到学术建设的路上去，自然能有好的学风发生。若是再能通筹全国大学之内容设置，把各重复的院系，予以合理化，也可使人才经济，都宽裕得多。譬如某一都会，共有六个心理学系，分设各大学之中，对于心理学可谓注重极了。但每系学生人数，都很有限；教授却也要有相当人数，方能分担各种应用的功课，以致许多很好的学者，每耗费精力于担任初级课程，研究的时间自然少了。这也是经济人才经费之道，值得注意的。

现在大学生的不能得到社会的信用，或者有人责备社会不好，以为社会没有同情，不肯扶植，甚至于排斥大学生。我们站在大学方面对于这种论调，也有同情。但是从社会方面看起来，则以为大学生的信用所以不能树立，是因为大学太过于粗制滥造的缘故。几年来兄弟也曾参与主持几次留学考试，和与研究院性质相似的学校考试，感觉到外间的责备，不无可以原谅的地方。有一次口试的时候，兄弟问到一位大学毕业生："井田是一种什么制度？"他说："是日本人。"更问道："赤峰在何处？"他说:"赤峰是日本的一个海岛。"我们不禁喟然长叹,知道热河之亡,不只是亡于汤玉麟。大学毕业生不知道赤峰是中国的领土,中国还不应该亡吗?这当然是极端的例,不是以律一般,但是说出来也可以供我们警惕一下。所以国家对于大学首先要有通盘打算,继之以严格办理。国家究竟需要特别发展哪几种学问,造出来的人才应如何容纳,都应当打算进去。务必人不滥造,造就一个就有一个的用处。不然,学生毕业后就要失业。一毕即失,岂不糟糕!年来政治与社会之不安,都是肇端于此。现在社会紊乱的情形,使学生在未毕业以前,睁眼一望,就觉害怕,所以活动的学生在学校里就想出种种风头,也有甘愿受人利用的。他们希望将来的出路,是其中一个重要的原因。甚至对于系主任和教授的批评,不以其学识,而以能否将来替自己找出路为断。这虽是例外,并不尽是如此,但是已经可以使学术前途发生悲观了。

从前曾国藩谈用人,注意三事:一为转移之道,二为培养之方,三为考察之法。经过以上三个阶段,才能训练出一个真正的人才。现在的学校至多不过做到转移和培养的一部分工作;进一步的培养和考察,则有赖于青年问世以后的社会。在紊乱的社会之中,主管人员对于用人一项,往往不问被用的人的人格学问,而只问其背景如何,谁人介绍,以为登庸的标准。这样社会的组织,真是危险极了!用人自然不限于政府,一般社会也能容纳许多人才。所以我们现在不但需要一般国家的事业发达,并且需要一般社会的事业发展,方能解决大学毕业生的出路问题。如美国的一般大学毕业生,都不愿意走到政治路上去,就是因为工商业

方面发展的机会很多，而且前途的希望较好，大家何必挤到政府里去抢饭吃？譬如福特一个人，他公司里的员工就有几十万人，全世界各重要都市都有他的分公司和办事处，比公使馆、领事馆还要阔气，他宛如终身的小诸侯，何必定要做总统？但在中国则不然。中国的各种事业太不发达，而官厅很发达，并且许多官厅里冗员既多，事务轻减，报酬也较丰，于是青年都不愿到农村里去，而愿集中于都市。明明知道失业很痛苦，但是失业也愿等候。明明知道职业不稳定，但是可以舒服一天，还是舒服一天。像这样情形，不但政治不安，而且社会道德也一天一天的堕落下去。假使各种工商企业一起发达起来，其希望待遇，都较官厅为好，则青年自然望风景从，其精力既有所发泄，其事业心也可以发展。既有领袖欲的人，也可以借此发挥，用不到大家挤到政治界里去，你爬在我背上，我爬在你背上，结果一齐掉深坑，同归于尽。至于新事业可以吸收大部分的人才，是显著的事实。例如新近通车的杭江铁路就可证明。有天曾养甫先生和我说，杭江铁路任用国内外的大学毕业生约有四百人。请看一条六百三十多里的轻轨铁道路，已经可以容纳这许多人，则其较大规模的事业，自然不必说了。这一二年来，有一个可注意的现象，就是大学农工理三科的毕业生出路较好，而政治经济法律等系的毕业生则特别感到就事的困难。因此这几年来青年升学的趋向也有改变，投考理工农三科的人，比投考文法的人来得多。北方的大学有此现象，南方大学也有此现象。这是一个健康的征兆。这还是因为近来政府东设工厂，西设农场，南造铁路，北造公路的缘故。但专靠政府，总是有限。若是社会上各种事业，一齐发达起来，那前途更可乐观了。

至于文法等院毕业生的出路，则大部分要靠政府容纳，政府为拔取真材，澄清吏治，安全社会起见，应该严格实行公务员考试制度。现在两年一次的高等考试，还是不够的，应该年年举行，给优秀大学毕业生以充分的服务机会。现在各机关用人，大都要常介绍信，实在是不好的现象。弄到像兄弟这样不足重轻的人，一年不知道要写多少封介绍信出去，明知无用，然而要信的人非要你写不可。这是因为政府登庸进陟，并无确定的方法，于是谋事的人，奉一纸八行书为至宝。那找不到旁人的于是找到我，真是惨极了。西洋各国则公务员的任用大都有确定的制度，其中以英国的为最好。美国从前的仕途也是很乱的。十九世纪美国有位大总统杰克逊（Jackson）便公认当时官吏任用制度为分赃制度（Spoil System）。他还为这种制度辩护，说是很好，借此可以使政权轮转，免得偏枯。于是政党交替之际，不问青红皂白，把异党的旧人，一概赶掉，政治成为轮盘赌，影响自然坏极了。以后社会上起了多年的运动，以前的大总统罗斯福尤为努力，于是逐渐采用公务员考试制度。现在美国联邦的官吏约有六十余万人，其中有四十五万是经过考试而后任用的。还有十五万人，不免受政觉变更的牵涉。然在英国则内阁更替，不过调换几个部长，下面的事务人员，绝没有调动的危险。所以无论内阁改组多少次，政治决无纷乱。说到中国，则"一朝天子一朝臣"，没有八行书，就换不到委任状。真是笑话。大家要认识确定公务员考试制度，是澄清吏治的先决问题。第一届高等考试录取的人员，事实上百分之九十五已有实职。第二届录取人员，也已分发。但

是我总觉得一般人对于高考，总还没有达到应有的热心。国人对于高普考试的信仰心，也还未确立。有其他侥幸的路子可走的人，还是走侥幸的路子，不愿意咿咿唔唔从三考出身。这都是因为怕考取了以后，政府无法位置，分发各机关里去坐冷板凳的缘故。然而在政府方面，也同样感到困难，若是考取一百个人就要添一百个官，那不是高考录取愈多，政府官吏愈多，老百姓担负愈重吗？要确立大家对于考试的信仰心，要真正澄清吏治，我以为每届高考或普考的时候，非抽调各机关现有的公务员来考不可。每届至少抽考各机关公务员百分之五或百分之十，并不妨害这机关公务的进行。取了则准他复职，并加一重保障；不取则以新取的人递补。这样一来，不但全国的人对于考试制度，确切信仰，并且现任公务员也有所警惕，常常研究，不至离开学问，无用的人员，不裁也就自裁了。像这样有系统的进行，在十年或二十年之内，能够把中国公务员任用制度树立，且能为青年展开希望，为社会保持公道，并间接的促进大学教育的发达，关系诚非浅鲜。否则，专靠八行书任用官吏，吏治永远不会清明，政治永不会上轨道。

最后，兄弟希望全国人民，认清大学教育如果办不好，实在可以危害民族的生命。所以社会对于大学，应该取爱护扶植的态度，尤其绝对的不要利用青年。大家要知道，利用未成熟的青年，不啻斲丧国家民族的元气。因为青年的光阴非常短促而且宝贵，我们不可使他浪费，千万不要给他们不纯洁的印象，而且要充分培养他们的人格，给他们高尚的理想，使他们望见前途的光明。不要使他们脑筋里充满了低等唯物的观念，抛开学问而从侥幸里面求出路的心思，这便是斩断了他们前途一线的生机。国家的元气，也因此受了无穷的损失。我们要知道中国此后所需要的，不是奔走开会，小智自私，要发挥自己小领袖欲的人，乃是沉着迈进，有专门知识和切实办法，公忠无我，以为国家社会服务的人。要有这样的人，才能解中国的问题。我们万一自己不能看见中国复兴和强大，我们还希望下一辈的人可以看见！

新乐教

——一九三三年在国立中央大学艺术科音乐组讲

音乐不但可以表现个人的心情和意向,而且可以代表民族的心理和精神。前者是大家都知道的,后者凡是读过《左传》里吴季札观乐那篇描写音乐的妙文的人,谁也不能不承认。

可是音乐的功能尚不只此。音乐还能改造民族的心理,振刷民族的精神。

我们中国乐教的被忽视太久了!

我常常对大家说过:中国古代的教育里,礼乐是联在一起的。以后礼乐分家,礼就变成干燥无味的繁文缛节。古时的诗歌也是和音乐配合在一道的,以后诗歌和音乐分离,文学和音乐双方都受损失。

根据我这种深切的认识,所以我来掌中大不久,即尽力整理和扩充音乐组。本来中大音乐不过是艺术科里的一组,现在我并没有把组织系统变更,只是先把这组充实。本学年除三位本国籍的教授而外,从奥国维也纳大学新聘来的斯达司博士已经到了。更加上在首都的德国女钢琴家史培曼夫人、声乐家威尔克夫人等三位,使这个组里的教学人才,盛极一时。我今天和音乐组全体师生见面，颇觉得彼此心理上有一种音乐的和谐。

　　音乐固然可以供个人的欣赏，陶冶个人的心灵，然而音乐最能发展群性，培养群里和谐的精神，协调的动作。可是我们中国的音乐，无可讳言的，在这第二方面颇感缺乏。尤其是中国的雅乐，真是一种书斋里、客厅里音乐（西洋称之为chamber music）。拿七弦琴来讲吧，我记得只有一次，当年我在北京做学生的时候，暑假住在西山静宜园的见心斋里，于明月之夜，古峭的白皮松下，幽咽的溪水旁边，听一位山东老琴师王心余先生，弹《高山流水》《平沙落雁》的曲子，真能使我幽然神往。但是以后每到音乐会里，凡是遇着演奏古琴的时候，却没有一次不听见台下吵得一塌糊涂。台下的人既然听不见，哪有不吵之理？所以有一位京剧的戏迷，认真问我《空城计》的戏情是否真的？我带笑地回答道："我实在不知。我只知道七弦琴的声音，座位隔远一点就听不到，何况隔了城楼上与城墙外很远的一段距离。纵然'万马齐喑'，司马懿如无'顺风耳'，不知如何能够听到琴声？你如不信，何妨到奏古琴的音乐会里试试。"我说这个故事，不是为了开玩笑，乃是说明中国音乐的幽雅，不适宜于演奏在广大的群众前面。它的群性太淡薄，山林隐逸的气味太浓厚。

　　中国音乐的群性太少，不只是由于乐器声浪的高低，乃是由于音乐组织的方法不同。中国音乐的构造只有旋律（melody）而无和声（harmony），譬如织绸织布，只有直的经线，没有横的纬线，是织不出什么花样来的。而西洋音乐注重的却是和声，所以能有四部合唱，而且真能做到一唱百和。我在德国游山的时候，于深山之中，每听见这个峰头若有人唱一句名曲，则他峰常有他人会发出四部合奏里配合好的和声。拿中国的京剧来说,我们也常常听见有人吊嗓子,高唱着"我好比,笼中鸟……",可是听到这唱词的人能够和他吗?若是大家真和起来,那笼中鸟未免太多了!

或者有人以为我们太注重西方音乐了,何不以此种精神用来提倡中国音乐呢?这是因为两种音乐的组织不同,时代的需要不同,我们一方面无法同时兼顾,一方面也只能急其所当急。本来音乐是一种人类共同的语言,乐理是人类可以通用的原则,乐器则更是各地可以通用的工具。我们可以尽量采取他人音乐已经发达到高深完备的部分,正不必故步自封,深闭固拒。正如现在学物理学、化学的人,不能因为物理学、化学发源不在中国,用的不是中国的符号,我们就不学它。纳粹主义者硬要说他们有"德国物理学""德国化学",其实德国学者对于物理学和化学的贡献虽多,但是德国物理学、化学实验室里所研究的,还是和世界各国实验室里所研究的物理学、化学一样。这种态度,我们千万不可采取。

至于中国音乐里,由外国输入的成分来自很多地方,其中最多的是来自西北和印度。讲调子则"八声甘州""凉州曲""伊州曲",等等,都标明是从西北来的;"梵曲"是从印度来的。至于乐器,则笛称"羌笛",鼓称"羯鼓",笳称"胡笳",琴则一种称"胡琴",一种称"洋琴",琵琶更是译音,这不都是已经标明来历了吗?谈到中国的古乐器,则除了琴瑟等少数几种而外,谁听过"伯氏吹埙,仲氏吹篪"的埙篪?有人把愈是不知道的东西,愈讲得神妙。当我在法国留学的时候,有一天晚上我到一个公开演讲会,去听使馆里的一位谢先生讲中国文化。谢先生法文说得极好。他讲到中国音乐的时候,尽力形容七弦琴的美妙。他忽然兴奋起来了，说道："你们不相信吗？我拿给你们看！"说罢，向讲台底下一抽，抽出一把胡琴来！我当时感觉到啼笑皆非！

音乐有它时代的需要，就是说每一个时代有它对于某种音乐的要求。这不但是为了要表达它的"心声"，也是为了要配合它的生活。我不曾听过唐太宗的《秦王破阵乐》是怎样一个调子，想来是很雄壮的。它纵然是很雄壮，却断然不能替代今日的军歌，或是我们将来要奏的凯歌。现在主张用中国古时音乐的人，能不能在欢迎贵宾来到的时候，奏一曲《梅花三弄》；送他起程的时候，奏一曲《阳关三叠》？何况那可使步伐整齐、精神振奋的军乐，尤其是大军出发上阵时的进行曲。

我认为将来我们一定会产生一种新时代的中国音乐！我们只要把进步到现阶段的乐理研究好了，音乐和各种乐器都训练纯熟了，那有音乐天才的人，作起曲来，自然就会把中国人的情绪，中国人的感觉，中国文化在中国人心里积下来的潜意识，不知不觉地流露出来，发挥出来！这才真是这时代中国的音乐，这才是中国民族现在所渴望、所要求的音乐！我知道弹唱和作曲互相启发的关系，非常密切，可是音乐演奏所能达到的范围究竟有限，而曲谱的流传则更为广泛和悠久。所以我希望各位对于作曲有关的课程，特别注重，为将来产生新名曲的准备。

我们中国的乐教被忽视太久了！现在正是我们用音乐改造民族心理、振刷民族精神的时候！

生命的意义

我们人类的生命很多，宇宙间万物的生命更多。生之现象，非常普遍。但是我们为什么生在世上？这个问题，数千年来经过多少哲学家、科学家的研讨和追求。如果做了人而对于人生的意义不明了，浑浑噩噩，糊涂一世，那他真是白活了。因为对于本身的生命还不明白，我们的行为，就没有标准；我们的态度，也无从确定。有许多人觉得生活很是痛苦，恨不得立刻把自己的生命毁灭掉。他觉得活在世上，乃是尝着无穷尽的痛苦；在生命的背后，似乎有一种黑暗的魔力，时刻逼着他向苦难的路上推动，使他欲生不能，欲死不得；因此他常想设法解除这生命的痛苦。佛教所谓"涅槃"，也就是谋解除生命痛苦的一个方法。不过是否真能解除，乃是另一问题。又有些人认为生命是快乐的，以为世界上一切事物，宇宙间一切创作，都是供我们享受的，遂成为一种绝对的享乐主义。其他对于生命所抱的态度很多，要皆各有其见解。我们若是不知道生命真正的意义，就会彷徨歧路，感觉生命的空虚，于是一切行动，茫无所措。所以我们对于这个问题，至少应该有一种初步的，也就是基本的反省。

第一，在无量数生命中，人的生命何以有特别意义？

如果就"生命"二字来讲，它的意义非常广泛。谈到宇宙的生命，其含义更深。这个纯粹的哲学问题，此处暂且不讲。生命既然很多，人类的生命，不过为宇宙无穷生命之一部分。庄子说："朝菌不知晦朔，蟪蛄不知春秋。"朗菌蟪蛄，何尝没有生命？大之如"天山龙"，固曾有其生命；小之如微生物，也有生命。但是在这无量数的生命中，为什么人的生命，才有特殊的意义？为什么人的生命，才有特殊的价值？为什么只有人才对他的生命发生意义和价值的问题？

第二，生命是变动的，物我之间，究竟有什么关系？

生命是变动的。我们身上的细胞，每天有多少新的生出来，多少陈旧的逐渐死去。这种新陈代谢的变动，可说无一刻停止。一方我们采取动植矿物的滋养成分为食料，以增加我们的新细胞，维持我们的生长；但一旦人死了，身体的有机组织，又渐腐败分离，为其他动植矿物所吸收。生命之循环，变化无已。我们若分析人类的生命，与其他动植物的生命，可以发生许多哲学上的推论。如近代柏格森、杜里舒等哲学系统，都是由此而来的。即梁启超的"今日之我非昨日之我，故不惜今日之我与昨日之我宣战"的一段话，也是由于观察生命不断变动的现象而来的，不过他得到的是不正确的推论罢了。可见我们总是想到在生命不断的变动当中，物我之间究竟有什么关系这个问题。

第三，生命随着时间容易过去。

生命随着真实的时空不断地过去。人生上寿，不过百年，转瞬消逝，于是便有"生为尧舜死亦枯骨，生为桀纣死亦枯骨"之感。在悠悠无穷的时间中，人的一生不过一刹那。印度人认为宇宙曾经多少劫；每劫若千亿万年。人的生命，在这无数劫中，还不是一刹那吗？若仅就生命现在的一刹那看来，时光实在过于短促；生命的价值，如果仅以一刹那之长短来估定，那么人生实在没有多大意义。尧舜苦心经营创制，不过是一刹那的过去；桀纣醉生梦死，作恶殃民，也不过是一刹那的过去。若是把他们的生命价值认为相等，岂非笑话！故以生命之久暂来估定它的意义与价值，当然是不妥。一个人只要有高尚的思想，伟大的人格，虽不生为百岁老人，亦有何伤？否则上寿百岁与三十四十岁而死者，从无穷尽的时间过程看来，都不过是一刹那。欲从这时间久暂上来求得生命的意义，真是微乎其微。故生命的意义，当然别有所在。

这就是我们对于生命初步的反省。我们从此得到了三个认识，就是：生命是无数的，生命是变动的，生命是容易过去的。

人生的意义在能认识和创造生命的价值。宇宙间的生命，既是如此的多，何以只是人类的生命，才有特别的意义？想解答这个问题，是属于价值哲学的研究。人的生命之所以有意义，乃是因为人能认识和创造人生的价值。因为人类能够反省，所以他能对于宇宙整个的系统，求得认识；更能从宇宙的整个系统之中，认识其本身价值之所在。人类的生命，虽然限制在一定的时空系统之中，但是他能够扩大经验的范围，不受环境的束缚；能够离开现实的环境而创造理想的意境。其他动物则不能如此。例如蛙在井中，则以井为其唯一的天地；离开了井，它便一无认识。人类则不然，其意境所托，可以另辟天地。只有人才能把世上的事事物物，分析观察，整理成一个系统，探讨彼此间的关系，以求得存在于这个系统内的原理，并且能综合各种原理，以推寻生命的究竟。说到人类能创造价值一层，对于生命的意义，尤关重要。一方面他固须接受前人对于人生已定了的价值表，一方面更须自己重新定出价值表来，不断地根据这种新的启示，鼓励自己和领导大家从事于创造事业和完成使命。如此，不但个人的生命，不致等闲消失，并且把整个人类生命的意义提高。古圣先哲，终生的努力，就在于此。这是旁的生命所不能做，而为人类生命所能独到的。所以说宇宙间的生命虽是无量数，唯有人类的生命才有特殊的意义。

人格的统一性与一贯性。生命不断地变，但必须求得当中不变的真理。我们人类虽每天吸收动植矿物的滋养成分，以促进身体上新陈代谢的变化，但是生命当中所包含的真理，决不因生理上的变化而稍移易。这种生命的一贯性和统一性，就是人格。人因为有人格，所以不致因为今日食猪肉，就发猪脾气；明天食牛肉，就发牛脾气。只是以一切的物质，为我们生命的燃料罢了！至于"今日之我与咋日之我宣战"的见解，正是因为缺乏了整个的人格观念，所以陷入于可笑的矛盾。世界上人与人相处，彼此之间全赖有人格的认识。大家所共认为是善人的，应该今日如此，明日也必定如此；今年如此，明年也必定如此。若是人类无此维系，便无人类的社会可言。

所谓人格，就是一贯的自我。他应当是根据我们对于宇宙系统的研究与反省所得到的精确认识，而向着完满的意境前进，向着真善美的世界发展的。他须努力使生命格外美满和谐，使个人的生命与整个宇宙的生命相协调。他更须佐以渊博的知识，培以丰富纯正的感情，从事于促成生命系统的完善。这种好的人格才真是一贯的；因为是一贯的，所以是经得起困苦艰难，决不会随着变幻的外界现象而转移的。有了这种人格，然后在整个宇宙的生命系统当中，人的生命才可立定一个适当的地位。倘若今日如此，明日如彼，苟且偷安，随波逐流，便认为是自我的满足；那不但是无修养，而且是无人格。人与其他生物的分际，就在人格上。人虽吸收了若干外来的食物成分，变其血轮，变其细胞，变其生理上的一切，但他的人格，理想上的人格，永久不变，这就是人格的统一性与一贯性。可见生命虽不断地变，尚有不变者在。这也是人类生命的特殊性。

要保持生力，从力行中以生命来换取伟大的事业。生命随着时间容易过去。《庄子》上所说的朝菌蟪蛄，固然生命很短；楚南冥灵，以五百岁为春，五百岁为秋；上古大椿，以八千岁为春，八千岁为秋，这种生命可以说是很长了，然而在整个时间系统之中，又何尝不是一刹那的过去？故生命的长短，不足以决定生命之价值。生命之价值，要看生命存在的意义如何，乃能决定。吾人之生，决定要有一种作为。生命虽易过去，但有一点不灭，那就是以生命所换来永不磨灭的事业。古今来已死过了的生命不知有多少，若以四万万人每人能活到六十岁来计算，那么，每六十年要死去四万万，一百二十年就死去八万万，照此推算下去，有史以来，过去了的生命，不知若干万万。但是古今来立德立功立言的人，名垂青史，虽在千百年以后，也还是为人所景仰崇拜；那些追随流俗，一事无成的人，他的姓名，及身就不为人所知，到了后代，更如飘忽的云烟，一些痕迹也不曾留着。所以唯有事业，才是人生的成绩，人类的遗产。

孔子虽死，他的伦理教训，仍然存在；秦始皇虽死，他为中国立下的大一统规模，依然存在；拿破仑已死，他的法典，仍然存在。生命虽暂，而以生命换来的事业，是不会磨灭的；其事业的精神，也永远会由后人继承了去发扬光大。诸葛亮在隆中，自比管乐；管乐生在数百年前，其遗留的事业精神，诸葛亮继承着去发扬光大。左宗棠平新疆，以"新亮"自居，也就是隐然以诸葛亮自承。所以生命之易消逝，不足为忧；所忧者当在这有限的生命，能否换来无限光荣的事业。若是苟且偷生，闲居待死，就是活到九十或百岁，仍与人类社会无关。

生命千万不可浪费，浪费生命是最可惜的事。萧伯纳曾叹人生活到可以创造事业的年龄，即行死去，觉得太不经济。他想如果人能和基督教《创世纪》所载的玛士撒拉一样，活到九百六十九岁，则文明的进步岂不更有可观。但这是文学家的理想，是做不到的事。然而西洋人利用生命的时间，比中国人却经济多了。西洋人从四十岁到七十岁为从事贡献于政治、文艺、哲学、科学以及工商社会事业的有效时期，而中国人四十岁以后即呈衰老，到六十岁就打算就木。两相比较，中国人生命的短促和浪费，真可惊人！我们既然不能希望活到九百六十九岁的高龄，那我们就得把这七八十年的一段生命，好好利用。我们要有长命的企图，我们同时要有短命的打算。长命的企图是我们不要把生命消耗在无意义的方面；短命的打算是我们要活一天做两天的事，活一年做两年的事。不问何时死去，事业先已成就。我们生在世上一天，就得充分地保持和发挥自己的生力一天。无生力的生命，是不会成就事业的，无永久价值的事业的生命，是无声无息度过的。

　　所以人生在世，不要因生命之数量过多及其容易消逝而轻视生命，不要因生命之时常变动而随波逐流，终至侮辱生命。我们须得对人生的价值有认识，对人格能维持其一贯性；以鞠躬尽瘁，死而后已的精神，加紧地去把自己的生命，换成有永久价值的事业。这样，才不是偷生，才不是枉生！

知识的责任

要建立新人生观，除了养成道德的勇气而外，还要能负起知识的责任（intellectual responsibility）。本来责任是人人都有的，无论是耕田的、做工的、从军的，或者是任政府官吏的，都各有各的责任。为什么我要特别提出"知识的责任"来讲？知识是人类最高智慧发展的结晶，是人类经验中最可珍贵的宝藏，不是人人都能取得、都能具备的；因此凡有求得知识机会的人，都可说是得天独厚，享受人间特惠的人，所以都应该负一种特殊的责任。而且知识是精神生活的要素，是指挥物质生活的原动力，是我们一切行为的最高标准。倘使有知识的人不能负起他特殊的责任，那他的知识就是无用的，不但无用，并且受了糟蹋。糟蹋知识是人间的罪恶，因为这是阻碍或停滞人类文化的发达和进步。所以知识的责任问题，值得我们加以严重的注意。我们忝属于所谓知识分子，尤其觉得这是一个切身问题。

所谓知识的责任，包含三层意义：

第一是要有负责的思想。思想不是空想，不是幻想，不是梦想，而是搜集各种事实的根据，加以严格逻辑的审核，而后构成的一种有周密系统的精神结晶。所以一知半解，不足以称为成熟的思想；强不知以为知，更不能称为成熟的思想。思想是不容易成立的,必须要经过逻辑的陶熔,科学的锻炼。凡是思想家,都是不断的劳苦工作者。"焚膏油以继晷,恒兀兀以穷年",他的求知的活动,是一刻不停的,所以他才能孕育出伟大成熟的思想,以领导一世的思想。思想家都是从艰难困苦中奋斗出来的。他们为求真理而蒙受的牺牲,决不亚于在战场上鏖战的牺牲。拿科学的实验来说,譬如在实验室里试验炸药的人,被炸伤或炸死者,不知多少;又如到荒僻的地方调查地质、生物、人种的人,或遇天灾而死,或染疾而死,或遭盗匪蛮族杀害而死的,也不知多少。他们从这种艰苦危难之中得来的思想,自然更觉得亲切而可以负责。西洋学者发表一篇学术报告或论文,都要自己签字,这正是负责的表现。

其次是除有负责的思想而外,还要能对负责的思想去负责。思想既是不易得到的真理,则一旦得到以后,就应该负一种推进和扩充的责任。真理是不应埋没的,是要发表的。在发表以前,固应首先考虑它是不是真理,可不可以发表;但是既已考虑发表以后,苟无新事实、新理论的发现和修正,或是为他人更精辟的学说所折服,那就应当本着大无畏的精神把它更尖锐地推进,更广大地扩充。我们读西洋科学史,都知道科学家为真理的推进和扩充而奋斗牺牲的事迹,真是"史不绝书"。譬如哥白尼(Copernicus)最先发现地动学说,说太阳是不动的,地球及其他行星都在它的周围运行,他就因此受了教会多少的阻碍。后来布鲁诺(Bruno)出来,继续研究,承认了这个真理,极力传播,弄到触犯了教会的大怒,不仅是被捕入狱,而且被"点天灯"而死。伽利略(Galileo)继起,更加以物理学的证明,去阐扬这种学说，到老年还铁锁琅珰，饱受铁窗的风味。他们虽受尽压迫和困辱，但始终都坚持原来的信仰，有"鼎镬甘如饴，求之不可得"的态度。他们虽因此而牺牲，但是科学上的真理，却因为他们的牺牲而确定。像这种对于思想负责的精神，才正是推动人类文化的伟大动力。

再进一层说，知识分子既然得天独厚，受了人间的特惠，就应该对于国家民族社会人群，负起更重大的责任来。世间亦唯有知识分子才有机会去发掘人类文化的宝藏，才有特权去承受过去时代留下最好的精神遗产。知识分子是民族最优秀的分子，同时也是国家最幸运的宠儿。如果不比常人负更重更大的责任，如何对得起自己天然的禀赋？如何对得起国家民族的赐予？又如何对得起历代先哲的伟大遗留？知识分子在中国向称为"士"。曾子说："士不可以不弘毅，任重而道远。仁以为己任，不亦重乎？死而后已，不亦远乎？"身为知识分子，就应该抱一种舍我其谁、至死无悔的态度，去担当领导群伦、继往开来的责任。当民族生死存亡的紧急关头，知识分子的责任尤为重大。范仲淹主张"先天下之忧而忧，后天下之乐而乐"。必须有这种抱负，才配做知识分子。他的"胸中十万甲兵"，也是由此而来的。

提起中国的知识分子，我们很觉痛心。中国社会一般的通病，就是不负责任，而以行政的部分为尤甚（这当然是指行政的一部分而言）。从前的公文程式是不用引号的，办稿的时候，引到来文不必照抄，只写"云云"二字，让书吏照原文补写进去。传说沈葆祯做某省巡抚，发现某县的来文上，书吏照抄"云云"二字，不曾将原引来文补入，该县各级负责人员，也不曾觉察。

于是他很幽默地批道:"吏云云,幕云云,官亦云云,想该县所办之事,不过云云而已。"这是一个笑话,但是很足以形容中国官僚政治的精神。中国老官僚办公事的秘诀,是不负责任,推诿责任。所以上级官厅对下的公事,是把责任推到下面去;下级官厅对上的公事,是把责任推到上面去。责任是一个皮球,上下交踢。踢来踢去的结果,竟和火线中间,有一段"无人之境"(no mans land)一样。这是行政界的通病,难道知识界就没有互相推诿不负责任的情形吗?有几多人挺身而出,本着自己的深信,拿出自己的担当来说,这是我研究的真理,这是我服务的责任,我不退缩,我不推诿?这种不负责任的病根,诊断起来,由于下列各点。

第一是缺少思想的训练。他的思想,不曾经过严格的纪律,因此已有的思想固不能发挥,新鲜的思想也无从产生。外国的思想家常提倡一种严正而有纪律的思想(rigorous thinking),就是一种用逻辑的烈火来锻炼过的思想。正确的思想是不容易获得的,必得经过长期的痛苦,严格的训练,然后才能为我所有。思想的训练,是教育上的重大问题。历次世界教育会议,对于这个问题,都曾加以讨论。有人主张研究社会科学的人,他也得学高深的数学,不是因为他用得着这些数学,乃是因为这种数学是他思想的训练。思想是要有纪律的。思想的纪律,决不是去束缚思想,而是去引申思想、发展思想。中国知识界现在就正缺少这种思想上的锻炼。

第二是容易接受思想。中国人向来很少人坚持他特有的思想,所以最容易接受他人的思想。有人说中国人在思想上最为宽大，最能容忍，这是美德，不是毛病。但是思想这件事，是就是是，非就是非，谈不到什么宽大和容忍。不是东风压倒西风，便是西风压倒东风。哥白尼主张地动说，固且自己深信是对的；就是布鲁诺和伽利略研究这个学说认为他是对的以后，也就坚决地相信他、拥护他，至死终不改变。试看西洋科学与宗教战争史中，为这学说奋斗不懈，牺牲生命的人，要有多少。这才是对真理应有的态度。中国人向来相信天圆地方，"气之轻清，上浮者为天；气之重浊，下凝者为地"。但是西洋的地动学说一传到中国，中国人立刻就说也是圆的，马上接受，从未发生过流血的惨剧。又如达尔文的生物进化论，也是经过多少年宗教的反对，从苦斗中才挣扎出来的。直至一九一一年，德国还有一位大学教授，因讲进化论而被辞退；甚至到了一九二一年，美国田纳西（Tennessee）州，还有一位中学教员因讲进化论而遭诉讼。这虽然可以说是他们守旧势力的顽固，但是也可表现西洋人对于新思想的接受不是轻易的。可是在中国却不然。中国人本来相信盘古用金斧头开天辟地。"自从盘古开天地，三皇五帝定乾坤"，不是多少本小说书上都有吗？但是后来进化论一传进来，也就立刻说起天演、物竞天择和人类是猴子变来的（其实人类是猴子的"老表"）。人家是经过生物的实验而后相信的，我们呢？我们只是因为严复译了赫胥黎的《天演论》，文章做得极好，吴挚甫恭维他"骎骎乎周秦诸子矣"一来，于是全国风从了。像这样容易接受思想，只足以表示我们的不认真、不考虑，哪里是我们的美德？容易得，也就容易失；容易接受思想，也就容易把它丢掉。这正是中国知识界最显著的病态。现在中国愈是中学生愈是

一知半解的人,愈好谈主义,就是这个道理。

第三是混沌的思想。既没有思想的训练,又容易接受外来的思想,其当然的结果,就是思想的混沌。混沌云者,就是混合不清。况且这种混合是物理上的混合,而不是化学上的化合,上下古今,不分皂白,搅在一起,这就是中国思想混合的方式。我不是深闭固拒,不赞成采取他人好的思想,只是采取他人的思想,必须加以自己的锻炼,才能构成自己思想的系统。这才真是化合呢!西洋人也有主张调和的,但是调和要融合(harmony)才对,不然只是迁就(compromise);真理是不能迁就的。我常怪中国的思想中,"杂家"最有势力。如春秋战国时代,百家争鸣,极端力行的墨,虚寂无为的老,都是各树一帜,思想上的分野是很清楚的。等到战国收场的时候,却有《吕氏春秋》出现,混合各派,成为一个"杂家"。汉朝斥百家而尊儒孔,实际上却尚黄老,结果《淮南子》得势,混合儒道,又是一个杂家。这种混杂的情形,直至今日,仍相沿未改。二十年前我取了一个"古今中外派"的名词,就是形容这种思想混杂的人。丈夫信仰基督教,妻子不妨念佛,儿子病了还要请道士"解太岁"。这是何等的容忍!容忍到北平大出丧,一班和尚、一班道士、一班喇嘛、一班军乐队,同时并列,真是蔚为奇观!这真是中国人思想的缩影!

第四是散漫的思想。这种是片断的、琐碎的、无组织的思想。散漫的思想固然由于思想无严格的训练,但是主要的原因还是由于懒。这思想的方式常靠触机,只是灵机一来,思想就在这机来的一刹那停止了,不追求下去了。这如何能发生系统的思想、精密的思想？于是成了"万物告出于几，万物皆入于几"的现象。他只是让他的思想，像电光石火一样的一阵阵的过去。有时候他的思想未始不聪明，不过他的聪明就止于此，六朝人的隽语，是由此而来的。《世说新语》的代代风行也是为此。中国人的善于"玩字"，没有其他的理由。因此系统的精密的专门哲学，在中国很难产生。因此中国文学里很少有西洋式如弥尔顿的《天国云亡》、歌德的《浮士德》那般成本的长诗。因此笔记小说为文人学士消闲的无上神品。现在还有人提倡沈三白《浮生六记》和小品文艺，正是这种思想的斜晖落照！不把思想的懒根性去掉，系统的伟大思想是不会产生的。

  第五是颓废的思想。颓废的思想是思想界的鸦片烟，是民族的催眠术——并且由催眠术而进为催命符。颓废的思想就是没有气力的思想，没有生力的思想。什么东西一经过他思想的沙漏缸，都是懒洋洋的。颓废的思想所发生的影响，就是颓皮的行为。以现在的文艺品来说吧，有许多是供闺秀们消闲的，是供老年人娱晚景的。有钱的人消闲可以，这是一格；但是我们全民族是在没饭吃的时候，没有生存余地的时候呀！老年人消闲可以，因为他的日子是屈指可算的，但是给青年人读可为害不浅了。而现在喜欢读这些刊物的反而是青年人！文人喜欢诗酒怡情，而以李太白为护符。是的，李大白是喜欢喝酒。"李白斗酒诗百篇。"你酒是喝了，但是像李太白那样的一百篇诗呢？我们学李太白更不要忘记他是"十五学剑术，遍干诸侯，三十成文章，历抵卿相，虽长不满七尺，而心雄万夫"的人呀！你呢？颓废的思想不除，民族的生力不能恢复！

第六不能从力行中体会思想,更以思想证诸力行。中国的文人,中国的"士",是最长于清谈的,最长于享受的。在魏晋六朝是"清谈",在以后是蜕化而为"清议"。清谈、清议是最不负责任的思想的表现。南宋是清议最盛的时代,所以弄到"议末定而金兵已渡河"。明末也是清议最盛的时代,所以弄到忠臣义士,凡事不能作有计划地进行,逼得除了一死以外,无以报国。"清议可畏",真是可畏极了!横直自己不干,人家干总是可以说风凉话了。自己叹叹气,享享乐罢。"且以喜乐,且以永日","我躬不阅,遑恤我后"。

老实说,现在我们国内的知识分子,也不免宋明的清议风气,只是享乐换了一套近代化的方式。我九年前到北平去,看见几位知识界的朋友们,自己都有精致的客厅,优美的庭园,莳着名卉异草,认为不足的时候,还可到北海公园去散散步。我当时带笑地说道,现在大家是"花萼夹城通御气",恐怕不久要"芙蓉小院入边愁"。现在回想起来,字字都是伤心之泪。这不仅是北平如此,他处又何独不然?我们还知道近年来通都大邑有"沙龙"的风气吗?"我们太太的沙龙"是见诸时人小说的。很好,有空闲的下午,在精致的客厅里,找几位时髦的女士在一道,谈谈文艺,谈谈不负责任的政治。是的,这是法国的风气,巴黎有不少的沙龙,但是法国当年还靠莱茵河那边绵延几百里的马其诺防线呀!哪知道纸醉金迷的结果,铜墙铁壁的马其诺竟全不可靠。色当一役,使堂堂不可一世的头等强国,重踏拿破仑第三时代的覆辙,夷为奴隶牛马,这是历史上何等的悲剧?我不否认享乐是人生应有的一部分,只是要看环境和时代。我们的苦还没有到头呢！我们不愿意苦，敌人也还是要逼得我们苦的。"来日大难"，现在就是，何待来日？我们现在都应忏悔。我们且先从艰苦卓绝的力行里体会我们的思想，同时把我们坚强而有深信的思想，放射到力行里面去。

以上的话，是我们互责的话，也是我们互勉的话。因为如果我脑筋里还有一格兰姆知识的话，我或者也可以忝附于知识分子之列。我所犯的毛病，同样的也太多了。不过我们要改造民族的思想的话，必定先要自己负起知识的责任来。尤其是在现在，知识分子对于青年的暗示太大了。我们对于青年现在最不可使他们失望，使他们丧失民族的自信心。我们稍见挫折，便对青年表示无办法，是最不可以的事。领导青年的知识分子尚且如此，试问青年心理的反应何如？我们要告诉他们世界上没有没办法的事，民族断无绝路，只要我们自己的脑筋不糊涂！知识是要解决问题的。知识不怕困难。知识就是力量。而且这种力量如此之大，凡是物质的力量透不进去的地方，知识的力量可以先透进去。知识的力量透过去之后，物质的力量，就会跟着透过去。全部的人类文化史，可以说明我这句话。我们只要忠诚地负起知识的责任来，什么困难危险都可以征服！

顾亭林说道："天下兴亡，匹夫有责。"何况知识分子？他又说："有亡国者，有亡天下者。"他所谓"亡国"，是指朝代的更换；他所谓"亡天下"，是指民族的灭亡。现在我们的问题，是要挽回亡天下、亡民族的大劫。在这时候，知识分子如不负起这特别重大的责任来，还有谁负？我觉得我们知识分子今后在学术方面要有创作、有贡献；在事业方面要有改革、有建树。

我们不但要研究真理，并且要对真理负责。我们尤其要先努力把国家民族渡过这难关。不然，我们知识分子一定要先受淘汰，连我也要咒诅我们知识分子的灭亡。

文化的修养

在现代机械文明工业社会里面，谁都容易感觉到生活的紧张干枯和单调，因此而更感觉到厌倦烦闷和不安。有的是情感的刺激，无的是情感的安慰。刺激多了，不是神经的麻木，就是情感的横溃，甚至于由厌倦而悲观。在平时如此，在战时为尤甚。

知识的训练要紧，生产的方式要紧，工作的效率要紧，但是情感的调剂至少也同样的要紧。一张一弛的道理，不只是适用于调弓，而且适用于人生。人生的弛是必需的，但是这"弛"不是等于放纵，不是等于懒惰。要求"道德的假期"是无补而且有害于人类心灵的。让我们把眼光转移到文化的修养上去吧！

麻木、横溃和悲观固然要不得，但是做人到粗俗、犷悍、鄙吝、倮野的境地，也是十分的可厌。若是只讲物质文明的享受，而无精神文化的修养，结果一定到粗俗、犷悍、鄙吝、倮野的境地。

有几位西洋的文化哲学家，常是给文化（culture）与文明（civilization）两个名词，以不同的涵义，至少他们把这两个名词的着重点看得不同。德国人所谓文化（kultur）的涵义，固带日耳曼文化特殊的色彩，但是他们看得"文化"与"文明"的分际，似乎格外明显。他们用这两个名词的时候，于不言而喻之

中，总觉得文明是偏重物质的、外界的，而文化是精神的、内心的。一个民族尽管没有许多物质文明的发明和享用，但是他却有优美文化的表现和享受。人们能在不知不觉里，流露他持身处世的德性，超凡越俗的领会，美丽和谐的心灵，这一切都是民族文化和个人浸淫在自己民族文化里的结果。纵然他没有飞机旅行，没有电梯代步，没有抽水马桶使用，但是我们能不尊重他吗？能说他没有文化吗？

更具体一点说罢。找一个非洲的布须曼（Bushman）族的人来，把他放上飞机他一样能旅行，拖上电梯他一样有代步，拉到新式的厕所里他一样能使用抽水马桶——若是教会他如何揿那简单机钮的话。但是把他请到欧洲的大美术馆里看拉斐尔（Raphael）的名画，他就要觉得反不如他们山洞里画的马面牛头；到著名的音乐院里听贝多芬（Beethoven）的音乐，他就要觉得反不如他们赛神跳舞时的木钲战鼓；到图书馆里看莎士比亚的名著，他更要觉得不如他们祭司的神符鬼箓。可见文明的结果是容易享受的，而文化的结晶是难于领略的。

若是"文化"这个名词是译西文culture这个字的话，我认为不但非常满意，而且格外优越。中国先哲对于人生的教育和社会的文化，是认为要文质并重的。"质胜文则野"是孔子的名言，必须要"文质彬彬"，然后能成为"君子"。这个"文"字有很博大的意义，包括丰富的生活方式在内，绝不是"文绉绉"的"文章之士"所可窃为己有的。"化"字的意义尤妙。圣哲固须达到"大而化之"的境界，就是普通的人也可以受到"潜移默化"的影响。可见文化是弥漫浸淫在整个民族之内的，更非一个特殊阶级的人所可假借。文化是民族心灵的结晶，文化也是民族精神方面的慈母。要提高民族道德，非提高民族文化不可。道德虽然可以说是文化的一部分，但是它却是硬性的、直径的部分，文化的全部是含煦覆育，如春阳一般，温暖到每个人内心的。

我们要每个人都能注重到文化的修养，从而扩大到整个民族文化的修养。这是没有问题的。现在的问题是如何能进行个人文化的修养？

当然学问是修养的要素。中国古话说"学问深时意气平"，正是学问能影响修养的一种表白。当然经验是修养必经的过程，不经过种种的磨炼和波折，哪能陶熔出人生真正的修养？然而我现在着重的不是这显然的真理，只是大家常常忽略的部分——情感，也可以说是情感影响到心灵的部分。

要陶冶情感，莫善于美的教育，所以我从这方面提出三件特别有关美育的文化来讲。

且让我先谈文学的修养。文学不仅是说理的，而且是抒情的；不仅是知识的凝合，而且是愿望的表现；不仅是个性的暴露，而且是悲欢的同感；不仅是通情达意的语言，而且是珠圆玉润的美术。文学不仅可作发扬情绪的烈焰，而且可作洗涤心灵的净水。"诗可以兴，可以观，可以群，可以怨"只不过是昔圣对于一部分文学的赞美。文学是要提高人生"趣味"（taste）的；真有修养的文学家，有些事决不肯干；他却不是持道学家的态度而不去干，乃是因其属于低级兴趣而不屑干。所以真正的文学修养可以提高行为标准。最好的文学家是他人想说而说不出的话，他能说得恰到好处；他人表现不出的情绪，他能表现得尽情惬意，使人家难得到其他的方式表现。没有经过退守南京，辗转入川的人，不能体会到杜少陵"夔府孤城落日斜，每依南（北）斗望京华"两句诗的妙处。许多受难同胞有过家破人亡痛苦的，读到白香山"田园寥落干戈后，骨肉流离道路中"的句子，也一定感觉到这种痛苦的经验，不只是我们现代的人才有的。战争时代的烦闷，若是得到古人与我们心心相印，俱有同感，也就因此舒畅多了。只是创造文学困难，欣赏文学也不容易。遇到好的文学作品，必须口诵心维，到口中念念有词的境界，才能心领神会。孔子说"依于仁，游于艺"，这游字最妙。所以对于优美的文艺作品，应当把自己的心灵深入进去，和鱼在水里一样，悠哉游哉，才能真有领悟。现在的青年日日处于甚嚣尘上，苟能得到一点文学的修养，一定可以消烦闷的。学社会科学的人应当以文学培养心灵，学自然和应用科学的人尤其应当如此。天天弄计算、弄构造，而无优美文学作精神上的调剂，必致情感干枯，脑筋迟钝，性情暴躁而不自觉。文学的甘泉，是能为你的心灵，培养新的萌芽的。

　　进而讲到音乐的修养。音乐不仅是娱耳的，音乐是心里发出来的一种特殊语言，有节奏有旋律的语言，和谐而美丽的语言。是它连贯许多感觉、概念、意境，而以有波动的音节发出来的。雍门《琴引》说须坐听吾琴之所言，正是这个微妙的道理。中国从前礼乐并称，因为礼与乐是联起来的。后来礼乐分家，所以礼沦为干燥的仪式。本来是活泼泼有节奏的动作规律，后来变为死板板无生命的赞礼单子。原来文学与音乐也是合在一起的，所以上古的人可以抚琴而歌。到宋朝饮井水处都可以歌柳屯田词，豪放的名士可用铜琶铁板唱大江东去。姜白石的"自作新词韵最娇，小红低唱我吹簫"，是更柔性的了。乃自南宋以后，诗词与音乐又分了家，这实在是文学上一大损失，也是民族的文化修养上一大损失，文学的流行不普遍，正在于此。譬如歌德在德国文学上和一般国民文化上的影响大极了；但是请问现在的德国人之中，有几个读过歌德全集或是他重要的作品？然而歌德的诗，山边海曲，田舍渔庄里都有人唱，这正是因为它谱成了音乐的缘故。中国音乐只有旋律（melody）而无和声（harmony），因此感觉单调。所以只有川戏中满台打锣鼓的人来"帮腔"，而不能有男女高低音配合得很和谐的"四部合奏"。前几十年西洋音乐，是经过日本转手——不高明的手——递过中国来的，所谱的大都是简单的靡靡之音。抗战以来，国人的音乐兴趣转浓，从事音乐的人也转多，是一件可欣慰的现象。但是一般还是粗糙简单，不免截头去尾的模仿。有意的高亢，时或闻之；而浑成曲折的乐章，很少听见。其中还有以"小放牛"一类的小调之音，谱为抗战歌曲，听了令人神经麻痹。现在中国的音乐教育，正可因为大家音乐兴趣转浓而提高，而普及，而改变作风，但是这不是短期内勉强可以做到的事。我们只是存这种希望，要向这条路上走。我希望将来从音乐的节奏与和谐，达到民族精神和行动上的节奏与和谐。

再进而讨论绘事艺术的修养。雕塑和音乐一样，在中国并不发达，但是画却达到了非常之高的成就。这正是因为中国画与中国文学不曾分家。画家的修养与文学家的修养大致相同。中国的画家也大都是文学家。中国向不重视匠画。这分别苏东坡论吴道

子王维画诗,说得最清楚:"吴生虽妙绝,犹以面工论;摩诘得之于象外,有如仙翮谢樊笼。吾观二子俱神俊,又于维也敛衽无间言。"摩诘固然是诗中有画,面中有诗的作家,吴道子也是一位面中杰出的天才,东坡犹于其间有所轩轾。这种好尚的风气,也就可想而见了。画不只是表现自然,而且表现心灵;不仅是表现现实,而且表现意境。若是画只是自然和现实的复写,那有照相就够了,何必要画。但是名画可以百看不厌,而照相则一望就了,正是因为画上的自然和现实是透过心灵而从意境里流露出来的。东坡谓"论画以形似,见与儿童邻"正是此意。"此谓形之不足,而务肖其神明也。"所以这两句诗,断不是现在犷悍的时髦面家,那些画美人说不像于是改成钟馗,说钟馗也不像又可改成怪石的画家,所能假借的。画家不但要有精妙的技巧,而且要有高尚的修养。姜白石说:"人品不高,落墨无法。"同时读画的人,也要有这种修养,才真能心领神会,与画家的心灵融成一片。所以欧阳修说:"萧条淡泊之难画之意,画者得之,览者未必识也。故飞走迟速意浅之物易见,而闲和严静之趣,简远之心难形。"中国名画之难于为一般人所了解,亦由于此。苟能深入,则在尘嚣溷热之中,未始不是一服清凉散。恽南田论山水画说:"出入风雨,舒卷苍翠,模崖范壑,曲折中机。唯有成风之技,乃至冥通之奇。可以悦泽神风,陶铸性器。"真是很精辟独到的话。

当然文化的修养,不只这三方面,凡是可以使人"动心忍性,增益其所不能"的,都有关修养。如祭遵雅歌投壶,谢安石在临阵时还下围棋,都是他们增进修养的方式。只是这三方面的修养，最容易陶冶性灵，调剂情感。

中国文化是最注重修养的。读书的人固要有"书卷气"；就是将官也以"儒将"最能使人敬服，否则只是勇将、战将，不过偏裨之才。在这扰攘偏狭，倾轧排挤的人群中，能有大雅君子，抱着恢旷的襟怀，"汪汪若千顷之波，澄之不清，挠之不浊"，岂不可以赞佩？在这争名夺利、庸俗鄙俚的场合里，能有人如仲长子昌所说，"清如水碧，洁如霜雪，轻世贱俗，独立高生"之人，岂不可以廉顽立懦？

现在中国文化方面，有一个绝大的危机，就是高尚的中国文化，渐渐的少人了解，而优美的西洋文化同时又不能吸收。纵然学会了西洋一点应用的技术，或是享用物质文明的习惯，但是对西洋文化在人性上表现的精微美丽之处，丝毫没有得到。中国文学的修养尚且没有，何况西洋文学的修养。向他奏舒伯特（Schubert）、肖邦（Chopin）或瓦格纳（Wagner）的乐谱，自然无动于衷，若一闻黑人的"爵士"音乐（jazz music），便两脚发痒。到外国美术馆去，古画中恐怕只有鲁本斯（Rubens）所画的肥胖裸体女人或者能邀赏鉴，至于特纳（Turner）的落照，柯罗（Corot）的深林，便觉无味了；何况倪云林的枯木竹石，沈石田的漠漠云山呢？纵然也有一部分在都市里的大腹贾和留学生冒充风雅，家里挂一两张吴昌硕或王一亭的画，以为是必要的陈设，以夸耀于同类的外国人，殊不知外国人之中，也有懂得比他更多的。于是趋时图利的画家，竟以犷悍为有力，以乱抹为传神，于是已达高峰的中国绘画美术，也就有江河日下之势了。这实在是很伤心的事！

我们不能不接受机械文明,我们更不能抹杀工业社会,只是我们的灵魂也要文化的慈母去抚摸他、安慰他。我们可以使物质供我们享用,我们的性灵却不可以像机械一般的轮转。至于粗俗、犷悍、鄙吝、倮野的恶影响,我们更应当涤荡无遗。

我们要倡导强者哲学和主人道德的话,更应当辅之以文化的修养。我们不要忘记,在夹谷会场里剑佩锵锵的圣人,同时也是"温良恭俭让"的君子!

侠出于伟大的同情

我所谓侠，乃是"豪侠""任侠"之侠，我所谓"侠气"，就是豪侠任侠之气。中国历史上向来认为侠是一种美德，但同时也有一个错误的观念，以为侠是一般浪人，不务正业，专管闲事，为人家报仇，打抱不平，甚至去作奸犯科。韩非子就曾说过"儒以文乱法，而侠以武犯禁"，认为两者都不对。可是我们要知道，这只是侠的流弊，这在社会没有纲纪，政治不上轨道的时候才会发生的；这种侠只是一种所谓"游侠"，然而侠不必就是"游侠"。何况就在这种"游侠"里面，也未始没有一种天地间的正气存在。所以太史公作《史记》，特撰《游侠列传》一篇，并举出朱家、郭解等人，来表扬他们特立独行的地方，不是没有道理的。

为什么我提倡尚侠？我们要确定一个观念，建立一个主张，必须先考察我们民族的弱点，社会的病象，然后才能对症下药，发生实效。现在中国的社会已经堕落到一个残酷的社会，一个最缺少侠气的社会。中国人常讲"恻隐之心""不忍人之心"，而事实上的表现，却正相反。我们可以从以下几方面来看：

第一是同情心的缺乏。中国人论交，有所谓"患难之交"；这是最可宝贵的，就因为讲"患难之交"的人太少了。中国社会

有一种最凉薄的现象，就是看见别人在患难之中，不但不表示同情，而反高兴快乐。比方有人在街上跌了一跤，假如在英美各国，大家一定要抢着去把他扶起，甚至送他到医院去，如果他跌伤了的话。而在中国，大家看见了，往往还拍掌大笑。一九三五年我因事到重庆来，因为不认识路，从一个书店乘洋车回旅馆，半路上洋车翻了。奇怪得很，因为重量偶然的平衡，我没有向后翻出去，洋车夫也双脚悬起来，于是人力车成了自动车，向一个很高的坡度开下去，开了二十几丈。当时我看见前面有军用卡车要撞来了，叫路旁的人把洋车拉住一把，但是沿路的人只有笑的，没有拉的。我还有一次，在武汉轮渡上，看见一个人掉入水中，船上许多人不但没有一个人去救他，反满不在乎似的以笑谈出之。

我当年在欧洲的时候，知道有一次火车出事，开车的人因为酒醉跌出去了，火车自动进行，无法停止，于是有一个大学生在前站的铁桥上，奋不顾身地跳上车头，将车闸住，自己一个手臂撞断了，一车的人却是救住了。这件事各处报纸大载特载，奉这位青年以英雄的徽号，真是他应得的称誉。这较之中国人在急难时看人冷眼的何如？前一向卫生署一位负责当局告诉我一件事，说他亲眼看见一个人病得快要死了，抬到重庆某个教会医院门口，但是因为找不到保人，付不出一个月的住院金，医院不许他进去，他只有躺在医院外面死去。这种见死不救的现象，在慈善性质的机关门口出现，是何等骇人听闻的事！我还听说有些当军医的人，往往发财，这是何等的残忍，何等没有心肝！前些时候，重庆临江门外，一场大火，烧去四千余家，若是在外国，这还得了，恐怕要全市动员来募款救济了，但是此地却也平平淡淡地过去！

最近潘光旦先生介绍美国明恩溥（Arthur Henderson Smith）所著《中国人的特性》一书，其中有一篇题名是《无同情心的中国人》，我看了非常难过；但他所举的都是事实，我也无法否认。不但明恩溥的观察如此，就是最恭维中国文化的罗素，著书时也提出中国人残忍而缺少同情心这点。譬如死了人是人家一件最不幸的事，但是中国一家死了人，别人对于这件不幸的事是不同情的。我初到法国的时候，在电车里，看见同车的许多人，忽然都脱帽致敬，很以为奇怪；原来是车旁有人家在出殡，这是表示对死者的同情。不要说普通人遇着出殡是如此表示，就是总统出来遇着出殡，也是脱帽的。中国人却不然，看见死者亲属的"颜色之戚，哭泣之哀"，就是吊者也会大悦起来！乡村人家甚至还希望别人家有人死，可以去喝酒吃肉，饱啖一顿；城市里不是万人空巷的去看大出丧吗？

明恩溥特别举出中国人对于残疾的人，没有同情。出过天花的人，到药店去买药，药店的人常常要问他："麻大哥！你是哪一个村子里来的呀？"看见斜眼的人，便要说"眼睛斜，心地歪"，来取笑他，挖苦他。普通以为残疾的人都是坏人，譬如"十个麻子九个坏"，"天怕六丁六甲，人怕斜眼蹩脚"，这类尖刻无稽的话是很流行的。其实肢体略有损坏的人，哪里就是坏人。如果其中有坏的，也大都是社会逼成的，因为社会对他太歧视了，使他感觉人人都苛待他，他也自然不得不存心防范，或设法对付人了。再还有对于年幼孤弱的人，也是同样的不加爱护。

童养媳受虐待,是普遍的现象;打丫头、虐奴婢更不必说了。所以同情心的缺乏,是现在中国社会最显著的一种病态。

因为同情心的缺乏,于是形成一种普遍的社会心理,以为事不干己,绝对不管,因而社会上无公是公非可言,也缺少急公好义之人。是非的观念,不但需要政治去培养,而且需要社会去扶植。有社会的奖励和社会的制裁,然后才有公是公非产生,例子很多,不胜枚举。社会的进步,不但要有是非的标准,而且要有人肯自己牺牲,去维持这是非的标准。但中国传统的哲学,只教人"穷则独善其身,达则兼善天下"。须知达固且要兼善天下,穷也不应独善其身,至少也要兼善其邻罢。中国人受这种传统哲学的毒太深了,人人都想独善其身,所以不但同情心不能发达,而且公是公非也无从树立。

因为同情心的缺乏,所以牺牲精神也就堕落。侠者最好讲"千里赴义"。设如没有牺牲的精神,如何能去赴义?我们应该"见义勇为";"见义不为无勇也"。是的,闲事不管,可以省多少麻烦。但正当的闲事,哪能不管,而且愈能多管愈好。英美法律上规定的陪审制度(Jury System),不但鼓励,而且逼迫人家管闲事。不过没有牺牲精神的人,是不配管闲事的。若是自己不肯牺牲,不要说千里之义不能赴,就是隔壁人家出了事,也是不配问。上海人家被盗时,决不能喊"捉强盗",而只能叫"起火",因为隔壁人家听到"捉强盗",必不敢出来,恐怕自己会吃亏,而听到"起火",因为怕自己的屋子烧起来,也就不得不出来了。这些冷酷怯懦的事实,正是现在中国社会病象的表现。

这种病象,可说有两个来源:第一是生活。在贫苦的社会里，生存竞争，非常激烈。要"解衣衣人，推食食人"，是不可能的。漂母饭韩信，也要她自己有一饭才行。我们常常看见，有些贫苦的人，为争一两毛钱，而打得头破血流，甚至打出人命事来。轮船将靠岸的时候，那些脚夫不等船靠妥，就抢着向船上乱跳，稍不当心，就扑通下水。他们自己的生活，尚且无法解决，哪里谈得上对人的同情？第二是思想。中国多少年来的教训，是"明哲保身"，也就是俗语所谓"各人自扫门前雪，休管他家瓦上霜"。结果就是人人怕管闲事，怕惹祸上身。"路见不平，拔剑相助"的风气，现在已沦落下去了。其实世界上绝对的个人主义，也是行不通的，正如绝对的兼爱主义行不通一样。你看见邻居人家生了瘟疫，你如果袖手旁观，就不免被传染。尤其在现代的大社会里，人与人息息相关，谁能过孤独的生活？"穷则独善其身"，哼！要想独善哪里是可能的事？

或者有人以为上述的种种社会病态，说是由于生活的贫困还可以，说是由于思想的影响便不对。但我以为思想的影响，也是极大的。比方上面所举的一个例，药店的人要称出天花的人为"麻大哥"，这难道也是生活使然吗？思想与生活，要同时改进，社会的病态，才能根本消除。

在世衰道微的时代，因为同情心的缺乏，是非观念的不明，赴难精神的低落，才往往使有心人不得已而提倡"任侠"。太史公在《游侠列传》中，曾慨乎言之地说："今游侠其行虽不轨于正义，然其言必信，其行必果，已诺必诚，不爱其躯，赴士之困厄。既已存亡死生矣；而不矜其能，羞伐其德。盖亦有足多者焉。"他又说："缓急人之所时有也，而布衣之徒，设取予然诺，千里诵义，为死不顾世，此亦有所长，非苟而已也。"所以"侠客之义，又曷可少哉"！他提出朱家、郭解，说朱家是"专趋人之急，甚己之私"；郭解是"以德报怨，厚施而薄望……既已振人之命，不矜其功"。我上面说过，这种游侠是社会不纲政治黑暗时代的产物；我们不一定要提倡游侠，但这种侠气是应该推广的，并且要借政治的力量来推广的。不以私人的力量去报仇雪恨，而以政治的力量作大规模的改良策进，才能把同情心推广到"天下有饥者，犹己饥之也，天下有溺者，犹己溺之也"，而使天下之人，都各得其所。

中国历史上第一个大侠者，不是朱家，也不是郭解，而是墨翟。他不主张拿刀去行刺暗杀，去报仇打不平，而是从大规模的政治改革着眼的。他说侠有三个条件：第一是大仁，第二是大义，第三是大勇。怎样才是大仁？他说："仁人之事者，必务求兴天下之利，除天下之大害。然当今之时，天下之害孰为大？曰：大国之攻小国也，大家之乱小家也。强之劫弱，众之暴寡，诈之谋愚，贵之傲贱，此天下之害也。又与为人君者之不惠也，臣者之不忠也，父者之不慈也，子者之不孝也，此又天下之害也。又与今人之贱人，执其兵刃毒药水火以交相亏贼，此又天下之害也。"（墨子如在，必称侵略者为贱人了！）他对于政治的主张，以为"民有三患，饥者不得食，寒者不得衣，劳者不得息，三者民之巨患也"。"诸加费不加民利者，圣人弗为。"这是充分的同情心的表现。他主张充实内部而不主张侵略人家，增加土地。所以他有"非外取地也"的主张。有人以为墨子既主张兼爱，一定也主张非战；如管子就曾说："兼爱之说胜，则士卒不战。"其实不然。他是反对侵略的战争，并不反对自卫的战争——不但不反对，而且他帮助自卫的战争。楚欲攻宋，公输般为造云梯，墨子听到就往见公输般。他"解带为城，以牒为械"，和公输般斗法，公输般九次的攻城计划，都被他破了。楚王要杀他，他说他有三百弟子已经在保卫宋国，杀了他也没有用。楚王没有办法，只好软化下来说："善哉！吾请无攻宋矣！"从这段史实，我们可以看出几点：第一，墨子能赴人国家之难，协助自卫战争；第二，他有技术的能力，以协助他人；第三，墨家是有组织的团体，能作有纪律的行动。这些都是说明大仁的意义。侠与义是相连。墨子虽主兼爱，但非滥爱，而主张以义为衡。"墨者之法，杀人者刑……王虽为之赐而令吏弗诛，腹䵍不可不行墨者之法。"这是《吕氏春秋》记腹䵍之语。腹氏是墨子学派的人，他的儿子杀人，秦王赦之，而腹氏自己主张杀之。可见以墨为法，可无作奸犯科的流弊。这就是大义的表现。不但如此，墨子不但提倡大仁大义，而且能以最大的牺牲精神去求其实现，求其贯彻。"摩顶放踵利天下为之"，这正是充分的牺牲精神，是"大勇"的表现。所以墨子的精神，是并具大仁、大义、大勇的精神，是侠的精神，也就是革命的精神。

中山先生说"革命是打抱不平"。他打抱不平的方法，也和墨子一样，不是为私人报复的，更不是快意恩仇的，是要以大仁大义大勇的精神，去改革政治，解决民生的。没有伟大同情心的人，就是没有革命精神的人。他就不配从事政治，也就不配谈革命！必定大家充分培养推广这种伟大的同情，恢复中国民族固有的侠气，政治才有改革的希望！

再进一步说到国际的形势。像现在国际间强凌弱、众暴寡的情形，何曾不是侠气沦丧的结果。埃塞俄比亚亡了，哪国拔剑相助？捷克分割了，大家还庆幸一时的苟安。中国无辜受侵略了，哪国在自己被攻击以前，为正义人道来和我们并肩作战？国际间的紊乱无秩序，都是丧失了侠者的精神之所致。

众人所弃，我必守之。我们不可丧失自信了！我们要抱定侠者的精神，以整饬我们的内部，以扫荡我们的外寇。要是我们成功的话，我们还应当秉着这种精神，以奠定国际的新秩序！

信仰理想热忱

我们生在怎样一个奇怪的世界！一面有伟大的进步，一面是无情的摧毁；一面求精微的知识，一面作残暴的行动；一面听道德的名词，一面看欺诈的事实；一面是光明的大道，一面是黑暗的深渊。宗教的势力衰落，道德的藩篱颓毁，权威的影响降低。旧的信仰也已经式微，新的信仰尚未树立。在这青黄不接的时代，自有光怪陆离的现象。于是一般人趋于彷徨，由彷徨而怀疑，由怀疑而否定，由否定而充分感觉到生命的空虚。

这个人生的严重问题，不但中国有，而且西洋也有。一位现代西班牙的思想家阿特嘉（Ortega，见其所著 *The Revolt of Masses* 一书）以为这种堤防溃决之后，西洋人也处于一种道德的假期。他说：

> 但是这种假期是不能长久的。没有信条范围我们在某种形态之下生活，我们的生存（existence）像是"失业似的"。这可怕的精神境地，世界上最优秀的青年也处在里面。由于感觉自由，脱离拘束，生命反觉得本身的空虚。一种"失业似的"生存，对于生命的否定，比死亡还要不好。因为要生就是要有一件事做——要有一个使命去完成

（a mission to fulfill）。要避免将生命安置在这事业里面，就是把生命弄得空无所有。

我引阿特嘉这段话，因为他是带自由主义的思想家，并不拥护权威，也不袒护宗教，所以是比较客观的意见。这种的彷徨状态，在这第二次世界大战以前已有，恐怕在战后的西方还要厉害。人生丧失了信心，是最痛苦而最危险的事。

宗教本来就是要为人生解决安身立命的问题，要为人生求得归宿。宗教起于恐惧与希望（fear and hope）。恐惧是怕受末日的裁判，希望是欲求愿望的满足。宗教，"广义来说，是人对于超现实世界的信仰"。"一个民族的宗教，在超现实的世界里反映这民族本身的意志；在这超现实的世界里，实现他内心最深处的愿望。"这是德国哲学家包尔森（Friedrich Paulsen）的名言。

"宗教与道德有同一的起源——就是同出于意志对于尽善尽美（perfection）的渴望。但是在道德里是要求，在宗教里就变为实体。"这也是同一哲学家的论断。

但是他还有一段论信仰最精辟的话："有信仰和行动的人总是相信将来是在他这边的。"没有信仰，这世界里就没有一件真正伟大的事业完成。一切的宗教都是信仰为基础。从信仰里，这些宗教的祖师和门徒克服了世界。因为信仰主张，所以殉道者为这主张而生活，而奋斗，而受苦受难。他们死是因为他们相信最高的善能有最后的胜利，所以肯为他而牺牲。若是不相信他的主张能有最后和永久的成功的话，谁肯为这主张而死？若是把这些事实去掉的话，世界的历史还剩些什么？"

这话深刻极了！这不但是为宗教的成就说法；推而广之，是为世界一切伟大的成就说法。

是的，一切的宗教都是以信仰为基础，但是一切人类伟绩，政治的、社会的、文化的，何曾不是以信仰为基础？若是一个人自己对于自己所学的所做的都没有信心，那还说什么？对于自己所从事的还不相信，那不但这事业不会有成就，而且自己的生命也就没有意义。

就是读书的疑古，也不过是教你多设几个假定，多开几条思路而已，不是教你怀疑这工作的本身。"我思故我在"这是笛卡尔对于做过种种怀疑工作后的结论。若是持绝对的怀疑论，那必至否定一切、毁灭一切而后已。

宗教不过是信仰的一种表现，虽然它常是强烈的表现。但是普通所谓宗教，乃是指有教条、有仪式、有组织的形式宗教（formal religion）而言，相信这种宗教的人，自有他的精神上的安慰；他人不必反对他，他也不能强人尽同。至于信仰（faith）是人人内心都有的，也可以说是一种宗教心，却不一定表现在宗教，而能寄托在任何事业方面。

信宗教的人固有以身殉道者，但是不信宗教的人也不少成仁取义者。如苏格拉底的临死不阿，是他信仰哲学的主张；文天祥的从容就义，是他信仰孔孟的伦理。这可见信仰力量的弥漫，决不限于宗教。

最纯洁的信仰，是对于高尚理想的信仰；它是超越个人祸福观念的。生前的利害不足萦其心，生后的赏罚也不在其念。至于借忏悔以图开脱，凭奉献以图酬报的低等意识，更不在他话下了!

最纯洁的信仰，是经知识锻炼过的，是经智慧的净水洗清过的；从哲学方面来讲，也是对于最高尚的理意之忠（loyalty to the ideal）。人类进步了，若是他对他的理想，没有知识的深信（intellectual conviction），他决不能拼命的效忠。近代哲学家罗伊斯（J.Royce）说："你要效忠，就得决定哪一个是值得你效忠的主张去效忠。"（见其所著的 *The Philosophy of Loyalty*）这里知识的判断就来了：若是你所相信的东西里面，知识的发现告诉你是有不可靠不可信的成分在里面，那你的信仰就摇动了；若是知识的判断对你所相信的更加一种肯定（reaffirmation），那你的信仰更能加强。所以知识是不会摧毁信仰，而且可以加强信仰的。比如"原始罪恶""末日裁判"和一切"灵迹"涤除以后，不但可以使基督教徒解除许多恐惧，使他不存不可能的希望，而且可以使他的哲学，格外深刻化，笼罩住一部分西洋的哲学家和科学家的信心，这就是一个例子。知识能为信仰涤瑕荡垢，那信仰便能皎洁光莹。

人固渴望尽善尽美的境界；然而渴望的人对于这境界的认识，有多少阶段、若干浓度的不同。希腊人思想中以为奥林匹亚山上的神的境界是尽善尽美的；希伯来人思想中以为天堂是尽善尽美的。最早的观念最幼稚、最模糊；知识愈进步，则这种认识愈高妙、愈深湛。所以我说理想是人生路程上的明灯，愈进一步，愈能把前途的一段照得明亮。世界上只有进展的理想，没有停滞的理想。唯有这种进展的理想，最能引起我们向上的兴趣。

信仰是要求力量来表现的，理想不是供人清玩和赏鉴的。

要实现信仰达到理想，不能不靠热忱（zeal）。热忱是人生有定向而专一（devotion）的内燃力。要它有效，就应当使它根据确切的认识而发，使它不是盲目的；若是没有智慧去引导它、调节它，它也容易横溃、容易过度。如所谓宗教的疯狂者（religious fanatic），正是过度热忱到了横溃的表现。这是热忱的病态，不是热忱的正常。

对于一件事，一个使命，他有这种知识的深信，认为值得干的，就专心致志，拼命地去干，危难不变其节，死生不易其操，必须干好而后已，这才是表现我所谓真正的热忱。

热忱常为宗教所启发，这固然是因为热忱与信仰有关，也因为宗教里面，本来带有感情的成分。感情是热忱的源泉；感情淡薄的人决不会有热忱。但是感情易于泛滥，易于四面散失。必须锻炼过，使其专一而有定向，方能化为热忱。

我常觉得我们中国人热忱太少。现在许多事弄不好，正是因为许多做事的人，对于他所做的事的热忱太缺乏。他只觉得他所做的事只是一种应付，而不是一件使命，这是什么缘故呢？有人说是因为我们宗教心太缺乏。是的。我们宗教心——信仰——很缺乏，集体的宗教生活不够。我们对于宗教信仰的容忍态度，虽然说是我们的美德，但是也正是因为我们缺乏宗教热忱的缘故。有人说是我们感情的生活不丰富。也是的。我不能说我们中国人的感情淡薄，但是我们向不注重感情的陶熔和给予感情以正常的刺激——如西洋宗教的音乐之类——并且专门想要压迫感情、摧残感情。

宋儒明天理人欲之辨，似乎认为感情是人欲方面的，要不

得的，于是倡为"惩忿窒欲"之论，弄得人毫无生气。王船山在《周易外传》论"损"的一段里，反对这种意见最为透辟。他说："性主阳以用壮，大勇浩然，亢王侯而非忿。情宾阴而善感，好乐无荒，思辗转而非欲。尽用其惩，益摧其壮，竟加以窒，终绝其感。一自以为马，一自以为牛，废才而处于锌。一以为寒岩，一以为枯木，灭情而息其生。彼佛老者皆托损以鸣修，而岂知所谓损者。"王船山所谓"大勇浩然，亢王侯而非忿"，正是正义感的发泄。他所谓"好乐无荒，思辗转而非欲"，正是优美情绪的流露。而他所谓"佛老"，乃是指掺杂佛老思想的宋儒。弄到大家都成为寒岩枯木，还有什么感情可言。况且感情不善培养与引导，终至于横溃。中国人遇着小事，容易"起哄"（excitement），就是感情没有正当发泄的结果。

很爱中国的哲学家罗素，为我们说了许多好话；但是论中国人性格的时候，他说我们是一个容易起哄的（excitable）民族，并且说这是一件危险的现象，容易闯大乱子。这是值得我们反省的诤言。中国人热忱不发达的原因，还有一个，就是普通所谓"看得太透了"。讽刺地说，也可以说是"太聪明了"。把什么事都看得太透了，还有什么意思？就是做人也可以说是没有什么意思，哪还有什么勇气去做事？这是享乐派的态度（hedonistic attitude）；这实在是很有害处而须纠正的。

罗伊斯说："任何一个忠的人，无论他为的是什么主张，总是专一的，积极动作的，放弃私人的意志，约束自己，爱他的主张，信他的主张。"我们国家民族，正需要这样忠的人！

在这纷乱的世界，我们不能老是彷徨，长此犹豫，总持着怀疑的心理，享乐的态度；这必定会使生命空虚，由否定生命而至于毁灭生命。我们虽然遇着过人之中有坏的，但是不能对于人类无信心；虽然目击强暴，不能对于公理无信心；虽然知道有恶，不能对于善无信心；虽然看见有丑，不能对于美无信心；虽然认识有假，不能对于真无信心。我们要相信人类是要向上的，是可以进步的，我们的理想是可以达到的，我们的努力是不会白费的，因为宇宙的人生的本体，是真实的。纯洁的信仰，高尚的理想，充分的热忱，是我们改造世界，建设笃实光辉的生命的无穷力量！

历史的先见

在现代历史演进程序剧变的时代,我觉得"历史的先见"(Historical Foresight),很关重要。凡是处理事情,都应当根据历史的教训。如果不明了历史的教训,历史就会很惨痛的重演一遍。法国政治家杜尔哥(Turgot)说:"见,为的要先见。"没有先见的动作,便是瞎冲,便是盲动。

先见与远见,原来是差不多的。就一件事情一层一层的关系论,就是远见;就一件事情在时间上的次序论,就是先见。人类的行动,不当是毫无意义的。我们所以不会盲动,就是因为对事情的步骤,有了相当的见解,经过思虑,成竹在胸。

历史原则与科学定律。不过人事最为困难,寻求正确的历史关系,比较寻求自然科学的关系,尤为困难。对于自然科学,一个人只要把他所研究的各种有关事物的普遍现象找出来,形成定律,则对于任何其他同样的事物,都可拿这定律去运用。自然,到现代自然科学还有许多不够完备的地方。它对于时间空间上一切的原理和定律,并不曾都发现。但是在一定对象的范围以内,许多自然科学的定律,是相当够用了。有如牛顿的万有引力学说,在普通的力学方面,便已够用。我们在黄浦江边投起一个石子,它会往下落;在喜马拉雅山顶上抛掷一个石子,也会往下落：在欧洲如此，在亚洲也是如此。只是历史是研究人事的，人事虽也有原则来作规范，然而它的不完全性和弹性，比较自然科学大多了。所以它的这些原则，往往为一般人所忽视，所轻视，甚至于否认。当然历史的原则，不能和自然科学的定律一样，可以用客观的方法来实验和证明的。这是因为历史的现象发生时，条件太多，关系复杂，加以人事变动无常的缘故。这也就是因为人类的心灵活动，很不容易用机械的方法去断定的缘故。但是历史的事实终究是事实。事实就有他本身的真实性，有他相互的关系，也有他演化的趋势。历史科学就是要认识这些历史事实的真实性；在千头万绪五光十色的事实当中，抓住他们相互间主要的关系；再能从时间的系统中，寻出他们不断演进的趋势，则融会贯通，自能发现一种原则，以指导民族乃至人类的命运。历史的先见，就是以这种历史的原则为根据的。若是自作聪明，以为历史的原则可以一笔抹杀，那他一定会陷落在悲惨的错误之中。

把握历史先见的困难。历史的原则既不易求，而且求得之后，往往有可以认为同样的现象，只因一二条件的不同，便全部变更面目，使人茫无所措。这是研究历史科学的人无可讳言的困难，不过这并非毫无办法解决的事实。因为历史并不是一团大混乱。如果真是这样，那我们不但无法研究历史，并且无法研究社会科学。唯其我们知道历史研究的困难，和发现支配人事原则的弹性，所以我们更有兴趣去研究；所以我们更要想出方法来，作有条理的研究；所以我们更不能存着偏见，怀着成见去研究。我们不只要认识历史的事实，我们还认识这些事实的底蕴和关键所在。这更进一步的所获，就是历史的先见。历史的先见，是根据我们对历史的真知灼见而来的。我们对于每件历史的现象，不只是求得通常的认识后就可满足，还要有一种犀锐的眼光，照射到他的隐微深秘的里面去，然后可以通古知今。

要求历史的先见，颇需要智慧的帮助。智慧并非幻觉，并非浮光掠影的一念。历史科学所需要的智慧，是要从深沉的知识，广博的见闻，明察的透视里发出来的，它也可以说是一种心灵的颖悟。治史的人，耳目所注意的是纷繁的事物，但他心灵笼罩的是变迁的全景。他不但能把握住事，并且能把握住事的意义。他智珠在握，心领神会，于是能见事变于几先。

若是要有先见，一定要先有了解。先见不能离开了解，对于事实要能够设身处地地推敲，把灵活的思想钻进事实的底里去；更要有充分的批判力和充分的同情心，然后才能够把真切的了解得着，才不至于蒙蔽自己，也不至于误解他人。

但是时至今日，历史的事实如此之多，事态的变化又如此之复杂，要想得着完全的了解，是极端困难的。就是要对于各种的事实，求到较为完全的了解，也得靠大家的协作。因为完全的了解是一件协作的事业，所以历史和社会科学，均须分工合作的去研究。集合各方面可靠的图样，才能构成一个建筑的全景。

历史先见与惯常。我们知道许多历史和社会的现象，不一定都是新异的，而惯常行动的表现实在很多。大家不要看轻惯常，社会的构成，惯常是种基础。整个的社会，日常都凭借着惯常在运动。许多动作，是顺乎习惯而来的。自然科学研究的现象，有些简直是数学式的惯常。生物科学里低等动物的行动，更以惯常为主要的部分；智慧高明的人类虽然行动自由得多，可是惯常也不断地在幕后支配。社会有了惯常以后，才趋安定；没有惯常的社会，便是不稳定的组织，历史的原则自然也更难于建立了。但是惯常如太固定、太完备，则人类的智力用处愈少，社会的进化，也愈停滞。所以说整个惯常的完成，便是智慧的隐灭。况且社会的进化，往往是由打破惯常得来的。可见惯常没有不行，太固定也不行。善于运用历史的人，能顺天应人，是利用惯常；能革故鼎新，是打破惯常；能移风易俗，是改造惯常。取惯常之长，略惯常之短；体察惯常以定其经，超越惯常以达其变；为惯常之主，不为惯常之奴；这就是先知先觉者的事业，这也就是领导时代，创造历史的人的事业。

历史先见与进化。我们知道，进化的时间程序愈到近代愈见缩短，而以在人类历史上所表现的为尤甚。譬方在星云时代，时间是那样的长久；经过了几万万年，天体上才有新的形成。地质上的变动也是一样，要经过千百万年才有一个新的世纪。人类历史上的变迁，在最初也是很慢的。从猿人到石器时代、新石器时代，每生一个变动，其间相隔几万年几千年不等。中国天皇氏、地皇氏、人皇氏治三万六千年的传说，也可以说是代表一种时代变动迟缓的象征。西洋古代历史的变动，最初何尝不迟缓？以后因为工业用具的发明，和科学专门知识的进展，于是历史的演进，也就随时间而加速。譬如西方自西历纪元一百年美索不达米亚文化时代，经罗马帝国以至一四〇〇年中世纪将结束时代，这一千三百年间，各种带近代科学性的发明是很少的，所以历史的变动也很少。一四〇〇年至一七〇〇年三百年间，西洋的发明发现渐多，所以它历史的变动也愈大。自十八世纪末叶至二十

世纪初叶，近代科学日趋昌明以后，变动之大为自来所未有；其变动之速，也是自来所未有。生活方式不断地改变，政治社会的组织也不断地改变。从前从事社会政治的人，以很简单的方式，很粗浅的原理，就可以处分的事，到现在复杂的情形之下，就不成了。从前用不着多少先见的地方，现在可用得着了。有如从前航海的人，只要有罗盘的设置，看清视线以内的气象，预料到密接现在的将来，也就可以勉强从事航行，因为他无法预计更前一段的艰险。而现代航海的人，就非有海洋的图表，气候的预测，以及无线电的设置，把海洋各处的情形，彻底明了，罗列在他的胸中和眼底不可。甚至于看不清远的情景，就无法处置目前的事变。所以说进化愈快，变动愈多，则时限愈短，历史的先见愈为重要。

　　历史的先见要靠哲学的修养。本来彻底了解人事的变迁是很困难的。除掉知道物质条件之外，还需要有对社会的认识和对人性的了解。要达到这个目的，我们固要虚心去研究；但是专从事实堆中去研究，是不够的。我们不只要埋头的研究，我们还要凌空的观察。我们的身在故纸堆中，我们的心却要在瞭望台上。当今研究人事现象的人，常有一种危险，就是只顾求一部分专门的知识，而忽略了全盘的理解。这也是现代专家常有的流弊。我对于专家所下的定义是：对于一个很小的范围以内知道最多事实的是专家。专家有时和冬天的蚂蚁一样，只知堆食成山，藏身其中，而不问外界的危险。大家不要误会，以为我菲薄专家。不是的。专家求到的真确的知识，是大家最好的参考。我只希望在专家的知识之上，还有一种哲学的了解，以求领会到全部人事变迁的迹象。这是历史的先见所必备的基础。只是要有哲学的了解，必须大家平时在思想上养成一种哲学的态度。不但要知道事物的本身，而且要追问它本身的含义；不但要审察事实的真相，而且要了解事实的精神；不但要认识树，而且要认识森林；不但要认识近况，而且要认识远景。这种哲学的了解，要靠哲学的素养。遇事必须不怀成见，心无所蔽的去观察。把个人的喜怒哀乐，好恶爱憎，一齐丢开，才能够从繁复的事实之中，透视出光莹的历史的全景。

　　历史的先见，并非一种预言，乃是进一步的认识，深一层的判断。它的正确与否，常因其能影响人的行为，而左右我们整个民族和国家的命运；甚至于左右人类的命运，也就是整个历史的命运。我们的民族不只是要保存历史，而且要创造历史。我们要避免人类过去所犯的错误，建立我们未来应有的光荣，则我们对于历史的先见之寻求，断不能说是不必要。

最近十年的回顾

在中国四千余年历史中，最近之十年，诚可当"多事之秋"之名而无愧。此十年之时间，大规模之国际战争，即占去八年两个月又两天（从一九三七年七月七日芦沟桥事变爆发，至一九四五年九月九日日本向中国签订降书）。但实际上中日战争状态之存在，远在九一八沈阳事变即已开始。而受降以后，中国种种困难之现象，又无一非战事之余波。故此最近之十年，在中国即系战争的十年。

当此中国史无前例之时期，中国以一未及准备之国家，与当时第一等陆军强国作军事上之周旋，动员将士至12,138,194人，以及全国四万万以上之民众，受亿万以上财产之损失，与半数以上土地之被占领，卒能支持时间至八年以上，与同盟国共同获得胜利，此不特在事前为世界各国所不能置信，即中国人自身亦难想到。此实为历史上一最大忍耐痛苦的实验。

因为一面进行和支持此战事，一面又受此战事的破坏与阻碍之影响，于是中国的政治、经济、社会、教育、文化各方面，无一不发生剧烈之变动。在此不断变化与适应的过程中，亦自有不断的错误与改进。大时代反映出历来潜伏着的优点与弱点。

以现代欧美工业化的标准来观察中国，则中国在此方面的缺陷太多。中国的土地广大，人口众多，而且其中最大部分为农民，又加之交通不发达，现代化程度不够，所以若干军事上、政治上、社会上之设施，运用均欠灵敏，乃系无可讳言之事实。但从另一方面看，则土地广大是一个力量，人口众多是一个力量，而悠久的历史和文化更是一个力量。如自我的克制与忍耐，即系悠久历史和文化的产品。日本人自命为对于中国研究最清楚，甚至对于政治、社会中人士的私人好尚，亦均详细调查，但对于此三种力量，尤其是对于历史和文化的力量，从不曾认识。正是只见单株的树木，而不见整个的森林。

中国与日本邻居最久，自一八九五年中日战争以后，尤其受日本之侵侮最深，所以认识日本最为透彻。中国深知日本为暴发户，其骄横的态度与野心是不可遏制的。不幸中国于推翻专制政体以后，发生十七年军阀割据之紊乱，以致日本侵略政策，得与分化政策并进。迨一九二八年国民革命军北伐成功，完成统一之雏形，于是日本更感不耐，乃乘欧美各国经济恐慌及外交政策矛盾之余，突然发动九一八沈阳事变。中国之统一，为日本最不能容忍之事。

沈阳事变以后，中国深知军力不足与日本相敌，不得不一面退让，而求外交上之解决；一面整饬内部，充实国力。如增设工厂，发展交通，推广教育，统一币制，训练民众自卫武力，整练陆军，创立空军，力谋国内和平统一，均有具体事实之表现。于是焦躁的日本不能再待矣，乃创造芦沟桥事变。蒋委员长认识日本此举之严重性，遂于七月十六日在庐山谈话会中对全国各界领袖宣布"最后关头已到"，并谓"此次战争不发动则已，一发动

则决无中途妥协之理,因此次战争实系中国民族之存亡"。于七月十九日复宣布"建国在作战的时候"。

中国之奋起抗战,固为其国家民族本身之存亡,同时亦为反抗侵略,维持国际正义。此非空言,盖日本于战前及战时曾多次利诱中国加入其轴心国集团,名为加入"防共协定",而实际则不仅反苏,且反英美诸民主国家也。殊不知法西斯主义及其作风,不但违反中国利益,而且违反中国传统的文化精神。

中国以劣势之军备,与日本养精蓄锐之武力相拒,在上海无防御之平地奋勇作战三个月,而终归败退。此役中国方面军事上之牺牲甚大,但在振奋全国士气、人心之收获更大。至首都南京失陷,而中国仍不接受诱和而屈服,于是日本"速战速决"之计划粉碎矣。至武汉沦陷,中国已陷入最大痛苦时期,中国依然继续拒绝其诱和条件,盖中国已决心不惜一切牺牲,抗战到底。凡战争在未发动以前,国家所计量者为利害关系,但既发动以后,则所较量者为民族意志之强弱也。

中国在抗战初期,虽得其友邦道德上之援助,但所得物资或武器上之帮助甚微。中国人仅凭常识,亦深知其他各国不至因此而加入战争。至欧洲战争发生,中国更知欧美各国,恐无暇亦无力东顾。故在此阶段,中国战局及中国心理实为黑云密布之时期,但中国至此亦义无反顾。中国固未曾企图其他民主国加入,然轴心国之愚蠢与疯狂,不能不逼迫其他民主国加入。迨珍珠港事变发生,中国对轴心国亦迅速宣战,于是远东与泰西战场连成一片。中国与其他民主国遂为并肩作战之盟友。一九四二年一月一日中国与英、美、苏在华盛顿签订联合国共同宣言;一九四三年一月中国与英、美签订友好平等新约，十一月参加开罗会议；一九四五年七月二十六日与英、美共同发出波茨坦宣言，八月十一日与同盟国允准日本投降。远东战事之结束，亦为第二次世界大战之结束。

在战事爆发以前，国民政府即宣布于二十六年十一月召集国民大会，宣布宪法。宪法草案已由立法院拟就，并征询全国意见。代表选出已预半数。不意正在进行之时，战事发生。政府立即于国防最高委员会之下，设立顾问委员会，集合全国领导人士，参与抗战大计。以后复扩大其人数并增加其代表性，遂于一九三八年成立国民参政会，罗致各党派（包括中国共产党在内）及社会各界之领袖，计议国是。于是年七月第一次大会中通过《抗战建国纲领》，得全国一致之拥护。至于该会第二届之参政员中一部分已由各省参议会选出，此项由各地选出之参政员人数，每届均有增加，其职权亦随之扩大。至于国民大会之召开，即在战事进行期间，中国国民党中央全会曾于一九三九年十一月决议，定于一九四〇年十一月召开，嗣因战事之阻碍而未果。战事结束后，又宣布于一九四六年五月五日在南京召集。临时因共产党及其他党派之要求，而展缓至本（三十五）年十一月十二日，国父孙中山先生之诞辰在南京开会。盖国民政府以为颁布宪法，建立全体国民之民主政治为其亟待完成之任务也。

中国民主的基础，当建立于以县为单位之地方自治，此为孙中山先生在"建国大纲"所规定。故中国现在推行之民主制度，在中央为国民大会，在省、市为省、市参议会，省下之县设县参议会，县之下设乡或镇为一级，保为较低之一级，甲为最低之一级，甲下之单位即为各户。此种组织，看去似层次较多，但在如此辽阔之领土及如此众庶之人口中，要使人民能有便利而直接之组织，以管理其各区公共利益之事项，亦只有实行此种办法。且此种组织在中国自有其历史性，故推行亦较容易。但此新县制之精神，有与往昔不同之处，即最低之甲长，以及保长与乡、镇长，均由当地人民选举。乡、镇有乡、镇民代表会，保有保民大会，而保民大会实为地方自治制度中表现民意之基本组织，因其地区适中，人民易于参加，利害关系亦较密切。若言县参议会之选举，自以保民大会之力量为左右也。此种制度，于一九三九年九月由国民政府颁布《县各级组织纲要》后，开始选择若干县试行，一九四二年内政部复督促各省逐渐推广，并对实施新县制之县，特别注重其乡、镇、保、甲民意机构之健全。截至一九四六年二月底止，计已实行新县制之县为1166（全国县数为1963）；已有正式选举之县参议会之县为903；已设临时县参议会之县为305；已有乡镇民代表会之县为1057；已有保民大会之县为1131。至于省参议会则各省皆有。此盖指战时国民政府命令所能达到之十九省而言，至于全部沦陷之省县，或因收复未久，或尚未能直接传达命令，虽在逐渐推行中，然均未计入。凡此所述，实为中国政治走上民主化的基本工作。

且此种制度实有便于农民。中国社会与经济之基础，仍建筑于农村之上，故农民之呼声，尤应予直接之反应。此次抗战兵员最大多数出之于农民，粮食之取给亦出之于农民，即运输工作大部分均为农民所担负。中国农民之勤苦、忠诚、节俭、耐劳之美德，除赞许以外，应无他词。就农民之痛苦，亦无词可以形容。

近十年来就以稻、麦、棉各项主要农作物种子之改良及推广，已有显著之成绩；大小型水利之兴办，亦增加农民收入不少。但因机械、燃料与动力之缺乏，农民耕种之工具与方法，仍保持历史上遗留之形态，此亟待改进者。又因中国工业未兴，交通不便，致农产品无法与工业相配合而停滞其销路，历年来国民政府为增加粮食生产及减少农民痛苦起见，曾举行大规模之农贷，并为农民组织生产及消费合作社，以调整其经济。此外如实行若干政令以扶植自耕农而防止土地兼并。唯因受战时阻碍，除若干区域，如甘肃新建黄惠渠之灌溉区域，实行计口授田颇有成效外，其余尚未呈可见之效果。目前土地重行分配问题，尤其是因战争而致大片农村遭受毁灭后之土地重行分配，实为中国面对之严重问题。至于此次受战害之农民，庐舍为墟，尤应得最有效之救济。

记辜鸿铭

中山先生说：中国只有三个半真通英文的人；在文学方面，要推辜鸿铭，在宣传文字方面，要推陈友仁，在公文方面，要推伍朝枢，还有那一个半通的呢？却不是生在江南，而生在岭南，就是司法院院长、国际法庭法官王亮畴先生。

不要说得太远了，以文学文字论，辜鸿铭的确是一把好手，他在北京大学教过几年英国诗，所以我也曾听过他的课。他在课堂上说，他自己四岁即到外国，一步一步的由小学而中学，自中学而大学。他是在英国大学工科毕业的学生，因为英国注意古典式的教育，所以他的拉丁文、希腊文都很好。回国以后，他在上海刻了几块拉丁字的碑，大家很为惊奇。但是他回国时候，国文是不通的，后来去见张之洞，自以为是了不得，张因为他国文不通，把他骂了一顿，于是他便半路出家的去学中国文。到了晚年，国文虽好了一点，有时做些中国诗，然而写起句子来，往往东套一章，西抄一节，表示半路出家的模样。他生平最佩服张之洞，开口即称为张文襄公。据蔡孑民先生告诉我：有一次，辜鸿铭在张之洞幕府中感觉到不得意。张有一个外国顾问，薪水比辜鸿铭多，待遇比辜鸿铭为优礼，但是学问并不很行，辜鸿铭看不上他。有一回，他来问辜鸿铭一个什么英文字，辜鸿铭拿了一部最厚字典，往他桌子上一丢，说："你去找去！"

他英文的著作，有《春秋大义》(*The Spirit of the Chinese People*)等书，他认为公车上书是中国的 Oxford Movement，他对于张之洞的《劝学篇》常常向外国人称道。他的英文，当然写得很好，因为他总是用中国的材料来写，所以虽然不免写出中国人的英文来，但是因为他纯粹的英文中杂有中国气味，这一点，恐怕是西洋人感觉到他文章之与众不同而喜欢去读的原因吧！还有他对于讽刺的话，非常喜用，而且非常深刻，所以他死了以后，有人批评他的文章，说是里面有一种 Biting Sarcasm。他在清朝时候，其实并没有得意过；清亡之后，他自称为遗老，拖着一条大辫子，辫子上面扎着红绿线，在北大上课的时候，遂成为大家最注意的一个目的物。他讲英国诗的时候，很少讲到本文，而专是在骂人或者穿凿附会，以中国的东西来比附外国，他说中国文化开发得早，决非外国之所能比拟的，譬如英国的诗，是中国明代洪武年间才产生，而中国诗还不知道产生在几千年以前。他每每念一首英国诗，说这是英国的"国风"，这是英国的"大雅"，这是英国的"小雅"，而 Milton 的 *Lycidas* 则称之为洋"离骚"。他在课堂里面，常常要学生翻译"天地玄黄宇宙洪荒"，所以听讲者莫不引以为苦。他自己写过他自做的一首中国诗，又把它翻成英文，这首诗中文原文乃是：

上马复上马，你我伙伴儿；
命轻重意气，从此赴戎机。
剑柄执在手，别泪不沾衣；

寄语越溪女，喁喁复何为。

他自以为了不得，其实这种显而易见套《木兰辞》的东西，真是他半路出家的最好标志。

他有东方曼倩观世的那种风度。他说民元选参议员的时候，他是学术团体的初选人，有人向他运动票子，他拿到了三百块钱，把票子卖了，他转身拿了三百元到天津去，一夜工夫，花天酒地挥霍完了。他常说："中国只有两个好人，一个是蔡元培，一个是我。蔡元培在前清时候不做官，而去革命，而现在还是革命。我从前保皇，现在还是保皇。"他最恨的是徐世昌，恨徐世昌固然是对的，但是他之恭维蔡孑民革命，恐怕也有别的原因，因为他接上说："蔡孑民在民国做教育总长时候，亲自来看过我，教我在教育界中帮帮忙，这真是三顾茅庐呀！"他有一个姨太太是日本人，他在西洋的报纸上公开的主张多妻制，他认为一个男子是应当多妻的。他的理由是一个茶壶可以有多少茶杯，断没有一个茶壶只许有一个茶杯的道理。这些话，西洋人至今尚传说着，引为笑话。他后来受日本人的津贴，在《华北正报》（North China Standard）上做文章，常常骂中国学生，尤其是不满于五四运动及排日运动。有一天，我看见他为《正报》所做的一篇文章，于是上课的时候，在他开讲之先，我起来质问他："辜先生，你是尊孔的人，孔子尊华夏而攘夷狄，你为什么在夷狄报上骂中国人呢？"他当时面红耳赤，将书在桌子上一丢，大声说道："我，袁世凯都不怕，我还怕你！"这便是我最后一次同辜鸿铭的接触了。

以后我在英国，还看见他在外国报上发表问答体文字二十条，讽刺外国人在中国的，非常深刻。听说他前几年已经死掉，后来我翻开《清史列传》，知道有一篇林琴南传，在林琴南之后附有严复与辜鸿铭二人。把严复附在林琴南之后，自然很不公平，但是把辜鸿铭附在林琴南之后，也恐怕有点不伦不类吧！

吴稚晖先生的风格

吴稚晖先生是中国近代一位有学问、有思想的了不起的人物，他个人所独具的特立独行的风格，是任何人所不及的。今年三月二十五日是吴先生诞辰周年纪念，我因职责所在，曾编印近二百万字的《吴稚晖先生纪念集》，用来纪念吴先生。

吴先生的交游很广，许多当时的名流，如蔡元培先生等都是他的好朋友。吴先生的成就和贡献是多方面的，在教育文化方面，他的贡献很大。吴先生的眼光非常深远，他看出我们中国虽然同文，但各省的读音却有很大差别，这是民族团结的大障碍，所以在民国二年，他担任了全国读音统一会的会长，制定注音字母（后改为注音符号），致力于统一全国读音的工作。吴先生深通中国文字声韵之学，对西方文化与科学方法也有很深刻的了解，所以他知道怎样使他的方法科学化，知道怎样去说服别人，有计划、有步骤地贯彻自己的主张。他所领导的全国读音统一运动，不仅是中国文化的一大交流，而且增强了中国全民的团结。现在，中国青年和儿童都能说一口流利标准的国语。有一次，黄季陆先生在台湾乡间对几位台湾青年说话，最后问他们："你们懂我说的国语么？"其中一位摇摇头笑了一笑，答道："先生说的不是国语。"黄季陆先生说的是四川官话，本来是很接近国语的，但因为注音符号使每字读音标准化，台湾青年都能说标准的国语，所以他们说黄先生说的不是国语。由这一件事，就可以知道全国读音统一运动推行后所得到的成绩了。

吴稚晖先生的学问浩瀚无比，包罗万象，思想亦颇能符合时代潮流。在过去，中国许多学人都昧于国际知识，夜郎自大，看不起西洋文化，而先生却能客观冷静地来作研究和比较。他非常反对张之洞的"中学为体，西学为用"的主张，他认为先有了中学为体、西学为用的主观观念，再来谈此一问题，其结果必致只见中学之体，而不见西学之用。吴先生有自己独特的看法，有真知灼见，故能言人之不敢言，主张人之不敢主张。

讲中国的学问，人们就会想起"一箪食，一瓢饮，在陋巷，人不堪其忧，回也不改其乐"的颜回来，颜回的安贫乐道，固然值得称赞，但在窘迫的环境中，他终于短命而死，对社会没有贡献，我们不能希望每个人都像颜回。吴先生先后在南洋公学、交通大学教书时，他对学生的教育，就是要学生对社会有所贡献。吴先生在南洋公学任教，在课堂上，他常常使学生自由发表意见、讨论问题，俾使各人贡献自己的智慧，来作学术讨论，收集思广益之效。在七十余年前就有这种教育思想，实在是了不起。

吴先生的言行对中国近代政治有很大的影响，他虽然不做官，但每当国家民族面临艰危之时，吴先生辄挺身而出，绝不回避。他的朋友，如果对国家有贡献，他一定支持赞助，不遗余力；如果对国家民族的利益有违悖，他就毫不留情的予以攻讦，一秉至公，全无私意，使人望而生敬。吴先生与汪精卫是好朋友，但当汪卖国形迹暴露之后，他马上用其犀利的笔，予以诛伐，就是例子。"蒋总统"在手撰的"吴敬恒先生百年诞辰颂词"中说，他以师礼事吴先生，平生承教请益，感受最深，在文中并说："国父与吴先生相晤，无论在私人聚谈或共同会议时，国父对之，总是肃然起敬，尊之如师。""蒋总统"和国父孙中山先生都以师礼事吴先生，是因为先生的智慧道德都值得这两位时代伟人尊敬的缘故。

吴先生虽毕生服务国家民族，但从未任过官职，一生布衣，闲云野鹤，逍遥自得。他欲言，别人无理由干涉他；他欲行，别人亦无理由干涉他。他给人们的印象是"仰之弥高，钻之弥坚，瞻之在前，忽焉在后"的不可测度。

吴先生晚年，年纪虽已老迈，但做事却仍希望能在青年之先，他常以能在体力上胜过年轻人而感到高兴，我经常随先生出游，心理上就常有这种准备。有一次在南京，吴先生在刚被日机轰炸后的废墟上整理稿子，我看见了，要帮他的忙，他拒绝了，他说那是他自己能做的事，不愿意麻烦人。在战争动乱的时候，吴先生仍然是从容不迫，处之泰然。

抗战时期，吴先生在重庆，住在《扫荡报》隔壁，那时重庆发生米荒，吴先生自己也买不到米吃。这件事被主管粮食事务的官员知道了，就派一个科长送一袋米给吴先生，吴先生拒绝了。他说，我担心的是一般百姓没有米吃呀！于是吴先生就与来访的一位朋友合力把一整袋米抬上那位科长的肩，并把他推出门外。那位科长没有力气扛米，出了门，就把米袋丢在《扫荡报》旁一家文具店门口了。第二天，报上登了一则招领一袋米的新闻，使得那位主管粮食的官员非常难堪。这就是吴先生的风格，他真是一位"富贵不能淫，贫贱不能移，威武不能屈"的大丈夫。

吴稚晖先生的风格非常特出，他的特立独行的事迹很多，在这里，我简单的提出几件给青年朋友们知道，在前若干辈的前辈中，曾有过具有如此特出风格的人。

蔡元培时代的北京大学与五四运动

以一个大学来转移一时代学术或社会的风气，进而影响到整个国家的青年思想，恐怕要算蔡孑民时代的北京大学。北京大学现在已经有三十二年的历史，最初是京师大学堂，里面分进士馆、仕学馆、医学馆等，无一馆的学生不是官气十足的。据最初一班的人说，差不多一个学生要用一个听差，上课的时候，有听差来通知"老爷上课了！"于是这些学生老爷，才由鸦片床上爬起来，睡眼蒙眬地带着一个听差到课堂去。医学馆比较多些洋气，但是和进士馆也不过是五十步与百步之差别而已。等到辛亥革命以后，称为国立北京大学，最初一些做过短期校长的人，对于这个学校，也没有什么改革。到了袁世凯时代，由胡仁源代理校长。胡仁源为人，一切都是不足道，但是听说当时不曾列名于筹安会、上劝进表，倒也算是庸中佼佼者。蔡孑民做北京大学校长这件事，是范源濂发动的，因为他对于蔡孑民极其推重。同时国民党的人，分为两派，一派是赞成蔡去的，一派是反对蔡去的。直到五四运动以后，反对派之态度才改变过来。

蔡到北大的一年，适巧是我去进北大的一年，当时的情形，可以说是暮气沉沉，真是腐败极了。教员之中，没有一点学术兴趣的表现。学生在各部挂名兼差的很多，而且逛窑子个个都是健将，所以当时北京窑子里有两院一堂之称（两院者，参议院、众议院；一堂者，京师大学堂也）。当时蔡初去时，本科分为四科，有四个学长，蔡接事后，重聘四科的学长——文科学长陈独秀、理科学长夏元瑮、法科学长王建祖、工科学长温宗禹。并决定工科按期结束以后，并入北洋大学，而将北洋大学法科并入北大，这件事自然引起工科中很多反对，只是教员也很不高兴。文科方面，则生气较多，胡适之是新从美国回来，章行严也到学堂来教几点钟逻辑。国文方面，则蔡挑了一批章太炎的学生如黄侃（季刚）、钱玄同、沈兼士、沈尹默、朱希祖，更有一位经学大师刘师培，和一位"两足书柜"陈汉章。还有一位刘半农，本来是在上海做无聊小说的，后来陈独秀请他到预科教国文，当时大家很看他不上，不过慢慢地他也走上正路了。英文方面，则有辜鸿铭担任外国诗。从前有几个英国人——英国下等流氓——在里面教英文，蔡到以后，一气把他们辞退了。这件事闹到英国公使馆出来干涉，而蔡不为之动，所以把无聊的外国教员肃清一下。但是以后所添的外国教员，也并不高明，除了一位地质系的葛利普是一位特出的学者，替中国在地质学上打下一个很坚固的基础。理科方面，则有秦汾、何育杰、王烈、王星拱一般人。法科则以官僚任教为多，如余棨昌、张孝栘等都是大理院厅长一流的法官。法科一直等到民国九年下半年王世杰、周鲠生等加入北京大学以后才日见起色，最初实在没有什么大的整顿。所谓文化运动的出发点，还是文科。

我方才说过，文科的人物很有趣味，因为蔡对于聘请教授是主张兼容并包的，凡是一种学说，苟能言之成理，持之有故，只要在学术上是说得过去的,他总让它在大学中有机会去发展,所以拖辫子复辟的辜鸿铭,筹安六君子的刘师培,以至于主张急进的陈独秀,都能熔化在一炉,而北京大学遂有百派争鸣之势(蔡之取兼容并包主义,有时候也有太过度的地方;从前有一位刘少少,做了一部《新改老》,可笑极了,蔡先生也让他在北大开一门功课,可笑得很)。各派之中,势力最大而且最易号召者,便是所谓新旧文学两派。当陈独秀没有进北京大学以前,他就在上海亚东书局办了一个杂志,叫做《新青年》,胡适之不过是一个投稿的人,而易白沙这些人,都是这个杂志的主干。胡适之发表《改良中国文学刍议》(《文学改良刍议》)一文,以八事相号召。此文发表以后,陈独秀就做了一篇《文学革命论》(《建设的文学革命论》),其主张较胡适之更为激烈,故"文学革命"四字乃是陈独秀提出来的。胡适之接上又做了一篇《建设新文学革命》,因为胡适本来于"革命"二字,有点害怕,所以于文学革命之前面,戴了一个"建设"的帽子。胡适之初到北京大学,我曾去看他,他的胆子还是很小,对一般旧教员的态度还是十分谦恭,后来因为他主张改良文学,而陈独秀、钱玄同等更变本加厉,大吹大擂,于是胡之气焰因而大盛,这里仿佛有点群众心理的作用在内。当时陈独秀提出文学革命的时候,大家已经吓得目瞪口呆了,而钱玄同更加提出废除汉字的主张,所以许多人更目之为怪诞。他们因为要找一个反对的人做骂的对象,所以钱玄同便写一封假名的信,用"王敬轩"的假名字,这封信是特地用旧派口吻,反对文学革命的。当时刘半农就做了一篇什么连刁刘氏、鲜灵芝都包括进去的复信,狗血喷头地把这位钱玄同先生的化身"王敬轩"骂一顿,这封信措辞轻薄,惹引了不少的反感,后来新青年社中人,亦甚感懊丧。刘半农还有一篇《作揖主义》,也是同样的轻薄口吻的文字,所以大家都看得不大起。

当时新青年社是由六个人轮流编辑的。陈独秀笔锋很厉,主张十分尖刻,思想很快而且好作惊人之语,他的毛病是聪明远过于学问,所以只宜于做批评社会的文字,而不宜于做学术研究的文字。胡适之在当时还是小心翼翼的,他回国第一年的功夫,拼命的在写着他的《中国哲学史》上卷,他自己亲手抄了两道,的确下过一番苦功(但是这是依他在美国的博士论文《先秦名学史》作骨干而以中文写成的,所以写起来比较快,一年就完事了)。当时他所做的《建设新文学革命》很引起大家的同情,他做了一些似词非词、似诗非诗的所谓白话诗,虽然失之于浅薄,但是在过渡的时代里,是很适合于一般人口味的。

钱玄同本来是一个研究音韵学的人,是章太炎的学生,是自己主张白话却是满口说文言的人,是于新知识所得很少却是满口说新东西的人,所以大家常说他有神经病,因为他也是一个精神恍惚好说大话的人。他的哥哥钱洵做过意大利公使的,钱玄同很怕他的哥哥,他在外面一向主张很激烈,然而见到了哥哥,却一点也不激烈了。他当时主张废姓,主张废汉字,因此大家更觉得这种主张可怕,而更觉得钱玄同是同疯子一样。沈尹默也是一个编辑,但是他是很深沉而喜治红老之学(《红楼梦》与《道德经》)的人,手持一把羽扇,大有谋士的态度,北京大学许多纵横捭阖的事体,都是他经手的。他不做文章,也不会做,但是因为他常做白话诗,而胡适之赞赏他的诗做得好,所以也就成为

《新青年》六编辑之一。

更有一位莫名其妙的，便是陶孟和，陶是英国的留学生，他外国书看得很多，是一位很好的读书顾问。但是他的中国文字太坏了，而且他读书不若胡适之之能得简，且没有综括之能力，做出来的文章非常笨（以后他还出了一部《孟和文存》，真是可笑之至），但是因为能够谈什么社会问题、家庭制度等等，所以他也成为一位编辑了。第六位编辑是刘半农，他的地位和工作，我以前已经说过一点了，当时大家对于他很不重视，乃是一种实在情形。以后北京大学派他到法国研究音韵学，对于他乃是一种很大的帮助。

《新青年》除了六位编辑以外，更有许多投稿的人，如李大钊，是当时北京大学图书馆主任，他的文章写得很好，人也很朴素。周作人是极注意于写小品文字的，他《自己的园地》等一类稿件，都是那个时候写成的。鲁迅，即周树人，乃是周作人的哥哥，当时在教育部做一个科长，还是蔡子民做教育总长时代找他进部的，以后他宦隐于教育部者多年，这时候也出来打边鼓，做《狂人日记》《药》等很传诵一时的小说。至于旧派方面，刘师培在学问方面是公认为泰斗的，他赋性柔弱，对于此类问题不去计较。黄季刚则天天诗酒谩骂，在课堂里面不教书，只是骂人，尤其是对于钱玄同，开口便是说玄同是什么东西，他哪种讲义不是抄着我的呢？他对于胡适之文学革命的主张，见人便提出来骂。他有时在课堂中大声地说："胡适之说做白话文痛快，世界上哪里有痛快的事？金圣叹说过世界上最痛的事，莫过于砍头；世界上最快的事，莫过于饮酒。胡适之如果要痛快，可以去喝了酒,再仰起颈子来给人砍掉。"这种村夫骂座的话,其中尖酸刻薄的地方很多,而一部分学生从而和之,以后遂成为国故派。

还有一个人,读书很多,自命不凡并太息痛恨于新文学运动的,便是陈汉章。(陈汉章乃是前清一位举人,京师大学堂时代,本要请他来做教习,他因为自己没有得到翰林,听说京师大学堂毕业以后可得翰林,故不愿为教师而自愿为学生。他有一个兄弟,乃是一个进士,当年他兄弟中进士时候,要在他家祠堂中央挂一个表,他坚决地反对,他说你的表不能挂在祠堂中央,中央地方要留给我中了翰林时候才可以挂的。哪知道他在当年十二月可以得翰林的,八月间便是辛亥革命,所以到了现在,他到祠堂里面尚不敢抬头仰视。)他所读的书确是很多,《十三经注疏》中《三礼》的白文和注疏,他都能个个字背出。他一上讲堂,便写黑板,写完以后,一大篷黑胡子变成白胡子了。他博闻强记而不能消化,有一次我问他中国的弹词起于何时,他说:"我等一会再告诉你。"我问他是上午九时,到十一时,接到他一封信,上面写了二十七条都是关于弹词起源的东西,但是没有一个结论,只是一篇材料的登记而已。他自命不凡,以为自己为了不得,只有黄季刚、刘申叔还可以和他谈谈,这位先生也是当时北大一个特色。还有朱希祖、马叙伦等人,则游移于新旧之间,讲不到什么立场的。

从《新青年》出来以后,学生方面,也有不少受到影响的。像傅斯年、顾颉刚等一流人,本来中国诗做得很好的,黄季刚等当年也很器重他们,但是后来都变了,所以黄季刚等因为他们倒旧派的戈,恨之入骨(最近朱家骅要请傅斯年做中山大学文学院长，黄季刚马上要辞职）。当时我们除了读书以外，实在有一种自由讨论的空气，在那时我们几个人比较读外国书的风气很盛，其中以傅斯年、汪敬熙和我三个人，尤其喜买外国书。大学的图书馆对于新书的设备比以前也好些。大家见面时候，便讨论着自己所读的书籍，而回去的时候，便去看书或写信给日本丸善书社去定买外国书。

除了早晚在宿舍里面常常争一个不平以外，还有两个地方是我们聚合的场所：一个是汉花园北大一院二层楼上国文教员休息室，如钱玄同等人是时常在这个地方的；另外一个地方是一层楼的图书馆主任室（即李大钊的房子），这是一个另外的聚合场所。在这两个地方，无师生之别，也没有客气及礼节等一套，大家到来大家就辩，大家提出问题来，大家互相问难。大约每天到了下午三时以后，这两个房间人是满的，所以当时大家称二层楼这个房子为群言堂（取"群居终日言不及义"语），而在房子中的多半是南方人；一层楼那座房子，则称之为饱无堂（取"饱食终日无所用心"语），而在这个房子中则以北方人为主体（李大钊本人是北方人。按，"饱食终日无所用心"是顾亭林批评北方人的；"群居终日言不及义"是他批评南方人的话）。这两个房子里面，当时确是充满学术自由的空气，大家都是持一种处士横议的态度，谈天的时候，也没有时间的观念，有时候从饱无堂出来，走到群言堂，或者从群言堂出来，走到饱无堂，总以讨论尽兴为止。饱无堂还有一种好处，因为李大钊是图书馆主任，所以每逢图书馆的新书到时，他们可以首先看到，而这些新书遂成为讨论之资料。当时的文学革命可以说是从这两个地方讨论出来的，对于旧社会制度和旧思想的掊击也产生于这两个地方。这两个地方的人物，虽然以教授为主体，但是也有许多学生时常光临，至于天天在那里的，恐怕只有我和傅孟真两个人，因为我们的新潮社和饱无堂只隔着两个房间。

当时学生界的思想也有一个剧烈的变动，最初的北大学生看外国书的很少，到了我们的时候，看外国书的便比较多起来了。傅孟真和我两个人，是每月都要向日本丸善株式会社（代收西书的书店）报效一点款子。傅孟真是抛弃了黄季刚要传章太炎的道统给他的资格，叛了他的老师来谈文学革命。他的中国文学很有根柢，尤其是于六朝时代的文学，他从前最喜欢读李义山的诗，后来骂李义山是妖。我说："当时你自己也高兴着李义山的时候呢？"他回答说："那个时候我自己也是妖。"傅孟真同房子的有顾颉刚、俞平伯，汪敬熙和我都是他房间里的不速之客，天天要去，去了就争辩。还有一位狄君武（膺）是和傅孟真同房子的，但是他一天到晚咿咿唔唔在做中国小品文字，以斗方名士自命，大家群起而骂他，且当面骂他为"赤犬公"（因狄字为"火"及"犬"构成），他也无可如何。这虽然是一件小事，但是可见北大当时各种分子杂居一处的情形，及大家有一种学术自由的空气。

因为大家谈天的结果，并且因为不甚满意于《新青年》一部分的文章，当时大家便说：若是我们也来办一个杂志，一定可以和《新青年》抗衡，于是《新潮》杂志便应运而产生了。《新潮》的英文名字为 *The Renaissance*，也可以看见当时大家自命不凡的态度。这个杂志第一期出来以后，忽然大大的风行，初版

只印一千份，不到十天要再版了，再版印了三千份，不到一个月又是三版了，三版又印了三千份，以后亚东书局拿去印成合订本又是三千份，以一部学生所做的杂志，陡然有这样大的销数，是出乎大家意料之外的。最初大家办这个杂志的时候，还抱着好玩的心理，等到社会看重了，销数一多，大家一方面有一种高兴的心理，一方面有一种害怕的心理。因为害怕，所以研究的空气愈加紧张，而《新潮》第二、三、四、五各期从客观方面看来，却比第一期要进步一些。当时负责编辑的是我和孟真两个，经理人是徐彦之和康白情两个，社员不过二十多来人，其中有顾颉刚、汪敬熙、俞平伯、江绍原、王星拱、周作人、孙伏园、叶绍钧等几位。孟真当时喜欢谈哲学，谈人生观，他还做了几个古书新评，是很有趣味的。我着重于谈文学和思想问题，对于当时的出版界常常加以暴烈的批评，有些文字，现在看过去是太幼稚了，但是在当时于破坏方面的效力，确是有一点的，比较起来，我那篇《什么是文学》在当时很有相当的影响，《驳胡先骕文学改良论》也很受当时的注意。颉刚的文字，多半是关于掊击旧家庭制度和旧社会制度，关于妇女问题，也有许多篇文章加以讨论，在当时大家以为是骇人听闻的话，有《妇女人格问题》一篇，主张女子应当有独立的人格。这篇东西，被江瀚看见了，拿去给徐世昌看，说是近代的青年思想至此，那还得了。于是徐世昌拿这本《新潮》交给傅增湘，傅示意于蔡孑民，要他辞退了两个教员，开除了两个学生，就是当时所谓四凶，这两个是《新青年》的编辑，两个是《新潮》的编辑。

蔡孑民先生当时坚持不肯，他复林琴南的那一封信，不只是对林琴南说话,并且是对徐世昌而发的。林琴南的背后是徐树铮,也就是段祺瑞,是代表当时军人派之意见,而徐世昌也是所谓北洋文治派的领袖,当时北大同时受北洋文武两派之反对,其情形之危险也可想而知了。但是蔡子民这一封信,得到了绝大舆论上之胜利,反因而学术界对他非常敬仰,这真是蔡先生有道德勇气(Moral Courage)的地方,于是所谓新文化运动,到了这个时候,其势遂不可遏抑。

还有一个《每周评论》,也是很值得注意的。这是陈独秀、李大钊和新潮社几个人合办的,是一个短小精悍的小报,不料这个刊物遂成为以后一切小报的祖宗,不过它的性质是完全谈文艺、讲思想和批评现实的政治社会问题的。这个杂志当时有很大影响,那时候进步党讨论系的《国民公报》(蓝公武、孙洪伊为主笔)和研究系的《晨报》(蒲殿俊、张梓芳、陈博生为主笔)也先后在北京响应。在上海方面,则戴季陶奉中山先生的命令办《星期评论》,同《每周评论》几乎是两个姊妹报纸,关于文学、政治、社会等问题也加以猛烈的批评。而上海的进步党所办的《时事新报》,也闻风景从。张东荪和张君劢等还办了一个《解放与改造》,虽然谈社会问题比较多些,却也是响应文学革命的刊物。自此以后,所谓新文化运动几乎布满全国了。

但是新文化运动之所以布满全国,中间还有两个政治运动在里面。第一个运动是比五四运动早一年,因为反对对日的参战借款和中日密约而起的,那时候还是冯国璋做总统,段祺瑞做内阁总理。这个反日运动,是从日本留学生发动的。我记得有一天晚上,两个留日学生的代表,其中一个叫阮湘,在北大西斋饭厅

慷慨激昂地在演说，大家莫不义愤填膺，但终觉束手无策。最后我跑上讲堂对着大家说："这个事体，徒然气愤也没有用处，我们如果是有胆量的，明天便结队到新华门围总统府去，逼迫冯国璋取消成约，若是他用军警来干涉，我们要抱有流血的决心。"这句话出来以后，大家受了一极大的刺激，当场表决第二天去闯新华门。到了那时候，果然北大学生还同其他几校的学生，集合在新华门门口，一直围到下午五点多钟大家才散。哪知道回来以后，蔡先生提出辞呈，蔡先生之辞职是会使北大发生根本危险的，这件事我们是很不愿意的。我自己是不愿意北大坍台，而顾颉刚反把我痛骂一顿，后来费了很大的力气，才叫冯国璋把蔡先生的辞呈退回。我们自己也去对蔡先生说，这件事体，完全是同学为着国家大问题而出此，不是不顾北大，经过了一再解释，蔡先生也就答应下来，这场风波也就结束。这是学生运动的第一次，也是学生反对帝国主义和军阀勾结而有所表示的第一次，这是五四运动的先声，然而这件事却很少有人提起（说句没出息的话，这也是民众请愿的第一次）。有了这件事做引子，再加上所谓新文化运动和文学革命，五四运动的产生，几乎是事有必至。自从这次请愿以后，北大有一部分学生，组织一个国民杂志社，其中重要的人物是易克嶷、段锡朋、许德珩、周长宪、孟寿椿等，当时，他们也要我加入这个组织，但是我对于这种比较狭义国家观的刊物不很热心，而且自己还要专心在办《新潮》，对于《国民杂志》，只算是一个赞助者吧！

国民杂志社里面的人，多半是实行的人，新潮杂志社的人，多半是偏重于学术方面的人，所以五四运动发生以后，学生会里面组织分为七股，各股的主任几乎是《国民杂志》和《新潮》杂志二社的人平分的，这两个杂志，所以也可以说是五四运动的基础。

在此地附带说几句话以结束新文化运动的叙述，当时还有一派北大学生和教员办了一个杂志叫做《国故》，其目的在于和《新潮》相对抗的。这一派的主干，在教员之中，便是黄侃，学生之中，便是张煊（后来是张学良的机要秘书）。他们关于文艺的理论，是非常薄弱的，其掊击新文学的地方，也不能自圆其说，其中登了许多文艺的文字，也多半是故国斜阳的吟呻而已。所以《国故》杂志出来，很不能引起各方面的注意和重视，而且有许多人很轻视它，办了不久也就停止了，毛子水在《新潮》上做了一篇《怎样用科学方法来研究国故》一文，倒惹起许多旧学家的称许。当时对于新文学的抵抗力不外三种：一种是林琴南派，一种是东南大学的胡先骕和他所办的《学衡》杂志，一种是北京大学内部的《国故》杂志。但是综合起来，抵抗力还是很薄弱的。

现在讲到五四运动了。五四运动产生的重要原因，不外乎下列几种：

第一，是前次新华门事件的连续；第二，是新文化运动所产生的思想变化的结果；第三，是大家受了蔡子民的影响，一变从前羡慕官僚的心理而为鄙视官僚军阀的心理，并且大家有一种以气节相标榜的态度，有意去撄官僚军阀之锋；第四，是正当巴黎和会的时候，感觉到中国受人支配和帝国主义国家协以谋我的痛苦，正是那一年的三、四月里，朝鲜发生徒手革命，也给大家以

深刻刺激（当时我到北大图书馆里面去看报，注意到大家都在抢着关于记载朝鲜徒手革命的报纸看）；第五，因为受欧战以后各国革命潮流的激荡，特别是当时蔡孑民所提倡所谓德国是军国主义，战败是应当的，并且当时国际联盟的论调甚高，北大也常常有这一类的讲演。

以上是这个事件的原因，至于这件事体具体的酿成，都完全由于中国在巴黎和会的失败。在四月里，日本要求中国撤换两个专使的消息纷纷传来。北大学生开了一个会，并且捐了几百块钱打电报；一方面打电报给巴黎和会中国代表，要求他们坚持，一方面通电全国，反对因为外国压迫而撤换本国专使的事。这两个电报打出以后，所捐的电报费还存下三百元左右，于是用四个干事的姓名，共同负责，存在学生银行里面。到五月一、二号的时候，外交消息，一天恶似一天。傅孟真、许德珩、周炳琳、周长宪和我等几个人，商量要在北京取一种积极反抗的举动。但是我们当时一方面想对于国事有所主张，一方面对于北大又要保存。所以当时我们有一种非正式的成议，要在五月七日国耻纪念日，由北大学生在天安门外率领一班群众暴动，因为这样一来，北大的责任可以减轻。五月三日那一天，清华大学举行纪念典礼，许多北大的人，都到清华去参观，那天我也去了，直到晚上八九点钟才回来。不料三号那一天，邵飘萍到北大来报告，说是山东问题已经失败，在校的一班同学，于是在北河沿法科第三院召集临时会议。最初由邵飘萍报告，以后由许德珩等一班人慷慨激昂的演说，还有一个刘仁静（他现在是共产党中很重要的人物），当时还不过十八岁，带了一把小刀，要在大会场上自杀，还有一位要断指写血书的。于是当场主持的几个人，不能维持我们以前决定的"五七"发难的成议，当场议决在第二天（即五月四日）联合各学校发动，并且当场在北大学生中推出二十个委员负责召集，我也是其中一个，由他们与各学校联络进行。

我们九点钟由清华回来，看见他们会也要开完了，什么决议都已经定好了。当时我们还在埋怨许德珩，说是我们说好在五月七日发动，而现在改了期，不是要把北大断送了吗？可是埋怨尽管埋怨，大家的决议还是大家决议，是不能更改的，于是他们教我连带签了字，把前存学生银行的三百元拿出来买竹布，费了一夜工夫，请北大的书法研究会及画法研究会的同学来帮忙，做了三千多面旗子。除了北大学生个个有旗子外，其余还可以送给旁的学校（所以当时大家疑心五四运动，以为有金钱作背景，不然为什么以北大穷学生临时有这许多钱去做旗子呢？其实这个钱是打电报省下来的）。各代表当夜分送至各学校接洽，约定了在第二天一点钟在天安门会齐。当夜十一点钟的时候，各代表在北大开了一个预备会议，当场举出了三个总代表，一个是我，一个是江绍原，一个是张廷济，并且当时推我写了一个五四运动宣言，由狄君武送到北京大学印刷所去印了五万份。第二天的早上，我们还预备了一个英文的备忘录，送给各国使馆。到下午一点钟，大家便齐集在天安门了。我们三个所谓总代表，因为预备各种文件，一直到一点十分才到天安门。当时步军统领李长泰、警察总监吴炳湘，都已经先我们而到，对大家讲了一番话，劝大家解散。当时众怒难犯，哪一个肯听？

于是大家从天安门出发，一走走到东交民巷口，便被警察挡住了，只有我和江绍原两个人进去到使馆界内去找美国公使。那一天，芮恩施到西山去了，由他的参赞出来见我们。他对于我们很表示同情，说了一番很漂亮的话，并且说由他去和使馆界的警察交涉，让他放我们通过。我们从美国公使馆出来以后，又到了别的几个使馆，告诉他我们示威的意思，回转身来到美使馆去问美参赞，同使馆界警察交涉允许我们通过的结果怎样。他说使馆界的警察是答应可以的，但是刚才警察总监有电话来，说是不可以让学生们通过，所以我们不能这样办。这个消息一传出来，大家更是愤怒。当我们报告交涉经过的时候，大家便要求我们硬挤进去。后来想硬撞不成事体，反而给别的国家以不好的印象，于是大家便高呼口号"我们去除国贼吧！"，于是掉转大旗向曹汝霖家前进（曹家在赵家楼）。

曹汝霖的房子，是一座很大的满洲王府式的平房。我们到他家门前，大门已经关了，门口站着一大队荷枪实弹的警察。大家到门口便大骂国贼，最初拿旗子向屋顶丢去，后来打破了一个短墙的窗子，大家便爬进去。首先进去的人，据我眼睛所看见的，乃是北大的蔡镇瀛，一个预理科的学生，和高等工业学校一个姓水的，大家看他们进去了，于是接上爬进去的几十个人，把大门打开，而曹宅的院子里还站着许多警察，因为学生向他们极力宣传，所以他们已没有什么抵抗。适巧那一天曹汝霖同章宗祥、陆宗舆和一个日本资本家在那里面商议事情，他们以为有着警察保护，是不要紧的。我们打进去的时候，曹汝霖便换了警察的衣服混在警察堆里，从后墙跳出去。陆宗舆怎样逃走，我们却不知道，听说他也来喊口号，喊打倒卖国贼，混在群众里面逃走的。

是否确实,却不知道了。

　　章宗祥比较老实,他和那个日本人一道躲在一个小房间里。群众跑进去的时候,日本人还掩护着他,于是大家知道他是一个要人,群众便把他们围起来了。不久一个北大的校工进来,他说自己是认识章宗祥的,并且说这就是章宗祥,于是大家便动手打起来。打了一顿,忽然有人说:"打错了!"大家便一哄而散,于是这个日本人和曹家的用人,便把章宗祥抬出去,停在一间杂货店里面。这个日本人也去了,于是群众中忽然有人叫:"刚才并没有打错!"大家便去找章宗祥,在他后门杂货店中找着了。当时这个日本人还掩护着他,群众便用杂货店中鸡蛋来丢这个日本人,重新把章宗祥拖进曹宅来,拆散了一张铁床,拿铁床的棍子来打。所以当时章宗祥确是遍体鳞伤,大家以为他已经死过去了。曹家的装饰品、古玩……简直是打得干干净净,他的姨太太和他的女儿的房子里许多香水,都一锤一锤的打碎在地上,当时香气四溢,不可向迩。我还亲眼看见江绍原拿了一床红绸的被子,拖在地上,撕了一块红绸,拿在手里,乱晃几下,说是:"胜利了!胜利了!"至于放火的举动,乃是高等师范的学生开始的,我看见有两个学生,自身上掏出许多自来火来,如果他们事前没有这个意思,为什么要在身上带来这许多自来火呢?结果曹宅烧起来了,徐世昌便下了紧急命令,叫军警捉人。那时候,傅孟真把他一本日记簿,上面写着许多代表名氏的,往火里一丢,马上烧掉了。我们还是从前门出来的,当时街上的救火队和水夫,已经拥挤不堪,很难通行。在曹宅里面还没有出来的,还有几十个人,于是便当场被捕。

我从赵家楼出来以后,便向北大东斋(即第一宿舍)去。当时自己实在疲倦极了,从五点钟睡到六点钟,六点钟以后,重新振刷精神开始活动。当时派定了多少代表,向各学校联络,预备在第二天,全北京的高等以上学校,自大清早起一律罢课,那天晚上适派我到各报馆去解释这件事体,等到十几家重要报馆都跑完以后,时候已经是半夜三点多钟了,所以那一晚便没有睡。第二天早上,果然全北京专门以上的学校一律罢课,并且各校代表齐集北大一院第三十六课堂开会。学生联合会的组织也就是那个时候形成的。

当时各学校的中心,自然是北京大学,至于北大主持这个运动的躯干,要算是新潮社及国民杂志社里面的人。在五四那天,曾经开了一个会,大家本来要推傅斯年做临时主席,忽然有一个浙江籍的学生姓陶的,打了傅斯年一拳,这一拳就把傅斯年打得不干。自此以后,五四运动和傅斯年便不发生关系了,因为他是一个以感情用事的人,一拳被打万念俱灰了。我当时因为在各处接洽的事太多,所以不愿意做会场上固定的事。经大家一想再想,最后推出段锡朋来,由他做北大学生会的代表,结果就是北京学生联合会的主席。段锡朋在五四以前,北大学生很少有知道他的,他总是穿一件蓝竹布大衫,扇一把大折扇,开口就是"我们庐陵欧阳公的文章气节",所以大家都当他有几分迂气。哪知道被选举出来以后,他处理事务非常灵敏,运用群众,大有特长,于是段锡朋的名气陡然间闻于全北京。

这一次,蔡孑民先生确是有一种特别的表现,就是五四事情出来以后,他不和前次一样的辞职,反而联合各大学的校长,负责的要求北京政府释放被捕的学生。到了五月六日那一天，他们接洽好了，听说吴炳湘竭力奔走，要求各校校长于五月七日命令全体学生复课，以此为条件，可以赦放在捕的学生。徐世昌也有这样主张，因为他们知道如果长久的罢课下去，一定是要出事的。而且五月七日是国耻日，更容易出事。我们全体罢课的决议，乃是五月五日通过的。五月六日的晚上十点多钟，蔡孑民及汤尔和（医专校长）以及其他专门以上学校的校长，到北大的校长室里面，把我们找去，说是现在同吴炳湘已经有这样一种了解，只要明天全体复课，他明天就立刻可以放人。当时去见这几位校长的，有我及方豪（俶新）等四五个人，他们都说："昨天才决议罢课，明天便要复课，乃是办不到的，我们也负不起这个责任。"我说："现在如果尽让同学们关在里面，也不成事。况且我们这一次有放火及殴伤等重大情节（当时章宗祥还没有离危险境界，有两天没有大小便，医生说他命在旦夕了），适巧政府又捉去我们几个人，用这几个人去抵命，也是没有办法的事。"因此我便问他们几位校长说："若是我们明天复课，他们不放人，怎么办？"他们说："我们可以用生命人格为担保。"而且吴炳湘也曾发誓过："如果复课而不放学生，我吴炳湘便是你们终身的儿子。"于是我以为既然如此，我们明天复课好了。

但是我这句话说出来，许多人便反对，以为我们答应下来乃是越权，许多同去的人，也是反对我意见的。我说："现在为减少被难同学之危险，这件事非如此办不可，我们只有从权办理了。"于是当夜我们分成五队，去通知全体同学明天复课。除每个宿舍派一队外，其他两队是负责通知宿舍附近公寓里面的同学

的。大家出发时候，已经是十二点钟，同学们完全睡着了，一个一个房间敲起门来，把睡熟的人叫醒了，告诉他们这件事。他们还不相信，还要费许多心血去解释，解释不明白的时候，还要受大家的责骂。半夜醒转过来的人，相对讲话，口中臭气是最令人受不了的，这可以说是我在那一晚上特别记得深刻的一种感觉。幸而能得大多数同学之了解，谢谢大家对于我们还有最低限度的信任，所以第二天北京各大学亦先后复课了。到了十点钟，全部被捕同学从警察所送回学校来，大家都列队在门口迎接。当时那种痛哭流涕的情形，真是有家人父子于乱离巨劫以后相遇时之同样感觉。

当时章宗祥的病还没有离危险期，时时有死耗之传闻，刚巧北大有一位同学叫郭钦光在这个时间死了，他本来是有肺病的，在五四那一天，大约因为跑得太用力了，吐血加重，不久便死了。当时大家怕章宗祥和我们打官司，所以定下一个策略（这个策略之最初主动者便是狄君武），硬说郭钦光乃是在五四那一天被曹家用人打死的。于是郭钦光遂成为五四运动中唯一烈士，受各处追悼会之无数鲜花美酒之吊祭，和挽章哀辞的追悼，在上海还有一位女士，当众痛哭郭烈士。郭君那一天因为走路过多，身体过劳而使肺病加重乃是确实的，这是我们应该同情他。但是把他造成五四的烈士，全国亦以烈士待之，多少未免有点滑稽。

等到被捕的全放出来了，章宗祥也被打了，曹汝霖的房子也被烧了，照常理说，这件事情可以告一个段落，但是当时有两种情形，是决不能使这件事告一个段落的：一件是山东问题还没有了结，而且一天比一天的失败下去；一件便是蔡孑民先生于五月七日学生出狱以后，便当夜出京没有一个人知道的跑了。跑的时候，他留下一封信，就是那最出名的"杀君马者道旁儿。民亦劳止，汔可小休"（信的头两句话如此）。这封信出来，许多人很费推测，于是大家去询问国文教授，请他们去查这个典故的来源，这些国文教授见大家纷纷请教，当时也得意了一下。蔡先生去了以后，北京大学自然是第一个恐慌，为维持北京大学，北大学生不得不继续闹下去，而且不能不联合旁的学校学生一同的闹下去，于是五四运动又重新紧张起来了。

经过这次事变以后，北京大学遂成为政府的眼中钉，这是不可讳言的事实。为铲除外交上的障碍，政府方面，也很想对于北京的学生界下一番毒手，这个情形，学生界也是完全知道的。但是在北京方面，学生运动已到了一筹莫展的地步，于是便遣派代表到上海去组织全国学生联合会。第一批南下的就是段锡朋、陈剑翛、许德珩、黄日葵、祁大鹏（中国大学）、瞿世英（燕京大学）等，他们到了上海以后，就联合上海及各省学生代表组织全国学生联合会。到了五月底，各处的布置已经有点头绪了，于是我们在北京接到段锡朋的密电，说是可以相机发难。到六月三日那一天，于全北京的学生里面，挑了五百多人，分队出发演讲，那一天被捕的有一百多人。第二天，继续派人出去演讲，大家都带好了毯子在身上，是预备被捕的。当天被捕的大概有四百多人，第三天被捕的达九百人之多。监狱关不下去，于是把北大的第三院改为临时拘留所，外面用密密层层的刺刀和机关枪守着，如临大敌一般。到了六月四日，我们想把恐怖的新闻电打出去，我就带了四十几块钱去打电报，哪知道我一出去，侦探便

跟着我，于是跑到日本邮局去拿一本丸善株式会社寄来的书。侦探在前面守着，哪知道那个日本邮局有一个后门，我就从后门走了，结果居然被我把那个电报拍到上海去。上海方面接到这个电报以后，全体学生便出发，除分散传单外，并向各家店铺，要求他们罢市，甚至于要求不遂，向商店老板面前跪下去。到了六月四日，全上海罢市了，别的地方跟着罢市的也有好几处。而天津方面，因为一个南开学生马骏在商会代表的前面，用一只碗向自己脑壳一打，表示他要求的决绝，商会方面的人大为感动，也罢市了。因此，这个北京学生与政府正在短兵相接的时候，学生方面，正是无可奈何的时候，忽而得到了这种有力的声援，一刹那间，个个悲欢交集、哀痛淋漓，而声势遂大振。

当时上海、天津方面所提出要求政府的条件，第一就是释放被捕学生，第二就是罢免卖国贼曹、陆、章，第三就是不签《巴黎和约》。而三个条件之中，以释放学生为先决条件，所以五号那天晚上，北大三院方面军警的帐幕在半夜三更便悄悄地撤去了。当时拘禁在里面的学生还不肯出来，因为他们一出来要减少了天津及上海方面的紧张空气。到了第二天，步兵统领衙门和警察所却派人来道歉，他们才肯出来。还有拘禁在警察所和步兵衙门里面的，他们请他们出来，而却不肯。以后预备了汽车和爆竹送他们出狱，还是不肯。最后一个总务处长连连向他们作揖说："各位先生已经成名了，赶快上车吧！"至于罢免曹、陆、章的命令也随着下来，以由学生运动扩大成的民众运动，使内阁局部改组，在当时看来，也算是一件可以诧异的事情了。不过山东问题还没有拒绝签字，北京教育界还有受摧残的危机，这两件事是大家最不安心的。到七月和约要签字的时候，北京大学联合各校学生又会在新华门一次，在新华门门口睡了两天两夜。同时巴黎方面的学生同华侨也就闻风兴起，逼迫中国专使不许他签字。拒约运动因为内外夹攻，所以终能实现原来的主张，而为后来华盛顿会议留下一个争回山东的余地。

至于北京各大学被摧残的问题，也是使大家寝不安枕的。政府的目的是要逼走蔡子民先生，所以他们要胡仁源买通一批投考的学生，来占据北大学生会，硬把学生会的图章抢去，以学生会的名义欢迎胡仁源到校。同时教育部方面，胡仁源已预备好上任的汽车。谁知此谋不密，被北大学生会中人知道了，当时便召集紧急会议，每一个人发一个特别符号，集合在第三院。时三院的被买及投考学生，正议"夺帅印"的事，还没有完结，哪知这边去了两三百个人，一个个的把他们擒住了，并且带了纱麻绳把他们缚将起来，便在法科大礼堂设立公案，举出了五个审判官，来审判这些人的罪状。他们也陆续的把被买经过供将出来，大家又逼他们写悔过书，写了悔过书，还要他们在悔过书上盖手印，再拍了一个相，然后把他们放了。这幕滑稽戏遂因此终了，而他们抢北大的计划因而失败，但是他们却继续进行向法庭控诉北大学生会的职员私设法庭和逼迫人行使无义务之行为（这条法律怕是永久没有人用过的）。于是法庭拿了学生会里面二十余人下狱，其中有孟寿椿、鲁士毅等。在打官司的时候，学生会要我去做代表，我几乎天天晚上要和律师刘崇祐接洽。许多上诉状都是我写的，这场官司打完了，我倒因此得到了许多关于法律的知识。

这一幕《取成都》的戏没有唱成功，而胡仁源也知道北大不容易占据，他们的野心，亦因此而减少一点。那时候蔡孑民先生派蒋梦麟先生到北大来，以总务长的资格，做他私人的代表。到双十节左右，学生会派我到杭州去接蔡先生回校，蔡先生遂慨然答应回来。在蔡先生到校的时候，刚巧是双十节，各学生便捐了一批钱，教员也捐了一些钱，共几百块钱去买了几万个馒头，上面盖着红戳子，是"劳工神圣"四个字及其他成语，在那天便分发于北京各平民，都由北大学生去发，这真是面包运动，也是一件值得回忆的事。当时北大的学生生活是很苦的，一间房子中住着七八个人，最小的房子才只住三个人，说起饭来，包饭只有四块五毛钱办一月，两块钱是现洋，两块五是中交票（当时中国交通银行的票，一块只合四毛），所以吃一月的饭只合三块钱。当时学生在吃饭时候，除了五个菜以外，每人还分两个馒头，大家抢着吃。吃饭是先打锣的，故有"锣声动地，碗底朝天"之谣。这是北大生活的一点回忆，是附带记载于此的。

　　五四运动到了这个地方，似乎应该告一段落了，但是到了那年年底，因为要逼迫政府取消军事协定，学生和政府又起了一个大冲突。这个冲突使北京大学的第一院和第三院又重重的被围，当时政府有命令通缉我和方豪等几个人。我当时住在嵩祝寺八号，到吃饭的时候，忽而来了八个马队，把我前门围住了，我从后门走到黄振玉（现在南京中央饭店的经理）家里，由他家里戴了一副黑眼镜和一顶风帽，逃到北大一院，因为他们正派我做代表，教我和张国焘（现在共产党的领袖）一同去。在傍晚时分，我便由一院后门逃出，经过铁狮子胡同，想到永定门上车（只有普通快车是在永定门停的）。哪知道到了永定门，车已开了，于是跑到李光宇家里坐了半夜。半夜时候，又到永定门去上车，车又开了。于是我只得和张国焘坐待城门开门，当时很怕守城的问我们是做什么的，因为城门上有自鸣钟，纵有鸡鸣狗盗也一律不济事的。我们等他开城门，总是不开，到城门开了，火车又走了。于是我们两个人只得直接沿着火车轨道走去，到了丰台，登车南下。南下过了一个多月，又回到北京来。这段故事虽然是我自己的经验，写在此地，也算是五四运动的余波吧！

自此以后，学生运动也就衰落下去了，衰落下去的原因很多，但是主要的原因，据我观察：

第一，青年做事往往有一鼓作气再衰三竭之势。

第二，做第一次学生运动的时候，负责的大家都是用功的学生，静则思动，所以他们精力都很充足，思想也很周到，行动也很有计划，但是到后来动久而不能静，有许多人只知道动而不知道读书，于是乎其动乃成为盲动。

第三，最初动的学生，是抱着一种牺牲的精神，不是为着出风头来做这些运动的。因为最初几个人声名较大，大家知道的多了，于是乎有许多人以为这是成名的捷径，乃是出风头的最好方法，于是个个想起来动，结果必至于一败涂地。

第四，政治力量的参入。五四运动的时候，可以说是没有一个人是有政治色彩或是有政治目的而去活动的，当时只是纯粹的青年血气冲动。到了后来，各种政治的成分都参加进去了，所以往往起内部的破裂，于是学生行动也就不能一致。

至于五四运动的影响，有人以为他的成绩，是拒绝《巴黎和约》的签字，为后来收回山东之余地。更有人以为曹、陆、章之罢免，也是一种未曾有之胜利，这都是皮相之谈而已。五四运动真正的影响：

第一是青年参加国是运动的开始，唤起了全国青年对于国家问题的意识。

第二是把青年运动扩大成为民众运动，造成了民众的许多组织。

第三是扩大新文化运动的势力，因为必要经过了五四运动以后，新文化运动的影响及国语文学之势力才能普及于青年及一般民众身上去。

从整顿北京大学，改革课程内容，唤起青年对于自身人格的重视，以至于产生文学革命和所谓新文化运动，对于社会的制度、固有的权威加以理性的批评和大胆的攻击，再至于产生五四运动，为中国近代一般青年和民众直接参与国家问题和社会运动的开始。这一个大波澜虽然是种种时代的动量促成功的，但是当时蔡孑民时代的北京大学，是一切动力的发动机，是将来写这个时代历史的人，不能不注意到的。

留德学生痛击梁士诒

锄奸团饭馆遇国贼

梁士诒海外遭天讨

坐汽车天边来壮士

谢宾客宵夜遁财神

正是：

走遍天涯无觅处

得来全不费功夫

个个耳光之下，问的是——

救国储金

中交停兑

华会时与日本之阴谋

财神的装金脸皮已在海外剥尽

看他再有何颜活动

壮哉！壮哉！

说到梁士诒对于中华民国的功劳，和他对于中国小百姓的贡献，我想血温不降到华氏九十八度以下的中国人，没有不思感恩图报的。他现在见国内无活动之余地，乃以"养望"的手段，肆力在国外活动。阴谋鬼蜮，在国外的人没有几个不听见。前两个月在英国的时候，即印起"中华民国前国务总理"的片子（注意！却不是"洪宪皇帝陛下内藏大臣"），四处招摇，与阔人及资本家联络，目的在于秘密借款，表面用中国人的招牌，引外资入中国而与投资的野心家私自分赃。五月间到法，他知道法国还有些学生和华工行动是很激昂的，所以行踪极为诡秘。来德国以后，他以为可以稍稍安枕。哪知道讨国贼不是少数人的专利，是大家的公有权呢！

梁士诒到柏林以后，有一部分热心的留学生就预备了要收拾他的。最初不知道他的位址，后来预备了几天，也扑他不到。五月三十日骤然发现他在康德街的京津饭馆，那时候他正吃完了饭走出来，已经迟了，所以大家很悔，以为失了好机会，以为他此后一定不敢再来了。

不料第二天，就是五月三十一日的下午八点钟，他带了他的儿子，和一群脓包随员，和那个什么代办公使，一共有七八个人，又来京津饭馆吃饭。他一进门，就被大家留心着了。当时就叫技击很好的同学，赶快预备。一面由这位同学飞奔拿手枪去了，一面留下几个人防他逃逸。

当时梁士诒已经吃完饭了。隔着他的桌子，而正对着他坐的，有两个德国野鸡，看见这张桌子吃的气象不凡，已经是很注意的了。梁士诒饭完以后，拿了一支牙签剔牙齿。照欧美习惯，剔牙齿的时候，总是用一只手掩着。梁士诒哪里留心，撕开一张大口，露着一副黄膏板牙，却拿着白木的牙签，和鸡啄石缝似的乱戳。于是野鸡看着这个"土老",咯咯大笑。这个"下流财神",也反而跟着他们笑。六只眼睛,不停的对转。旁边桌上的中国学生,真是看得眼睛冒火,不是来人未齐,就忍不住立即动手了。

少停不一刻,财神起身要走;于是留下的人,防他逃逸,急忙上前道:"且慢,我们有话对你说。"梁士诒一见势头不对,便道:"我有事,改日再谈。"这位就接口说:"救国储金到什么地方去了!"梁士诒应道:"他们用了,不干我事。"这位向前一个大耳光,叫道:"你还赖!"财神的脸本来很肥大,而这只打的手又和蒲扇一般,二难相并,这声响,好像新斧头辟下晒干的茅竹,打得财神头晃了几下。好财神,还勉强挣扎着说:"请坐下来,有话我们细谈。"大家吼道:"你做的事,全国谁不知道,何必要你再说。"既然动手了,也就不能再等,于是有位向前左边没头没脑一个耳光问道:"中交银行为什么停止兑现?"又右边一个耳光问道:"华盛顿会议的时候,你同日本是什么勾结,打给代表的是什么电报?"左右连来了多少下,打得财神颈下的肥肉,只是两边乱摆。正打的时候,梁士诒的儿子想上前救护,被大家一把推开,说是"不干你的事,我们打卖国贼给你看"。那些咬元宝边的脓包随员,和拍马屁的代办公使和秘书,个个都吓得屁滚尿流,抱头四窜。

却说那位去取手枪的同学,急忙跑去存手枪的朋友家中,不凑巧那位朋友正不在家;又急忙跑到自己家中,换了装束,扎了腰。恐怕走了财神,乃跳上汽车,一直开到饭馆。(自德国生活贵后,坐汽车已经是学生界不容易的事。而这位同学又不是很

有钱的,其热心可想。)那时正是打得热闹之时。这位又急又气,张开饿鹰倒翅之势,打了一个撞步,足足有一丈多远,向财神的光头上劈头一拳,打得矮财神像不倒翁似的摇了几下,倒在地上。于是大家拳足交加,足足打了三四十下,打得财神泪流声嘶,说是"饶了我罢,不要再打了,再打就要死了"。大家哪里肯依。只是对面的两个野鸡,看了莫明其妙,又咯咯大笑,不知财神此时只恨洪宪皇帝在天之灵,不能带他龙驭上宾,哪里还能回笑呢!

打得正忙的时候,那个脓包代办公使急忙喊道:"叫警察!叫警察!"大家喝道:"你再叫警察,我们就以对待梁士诒的手段对待你!我们讨梁士诒,纯粹为他是国贼,张我们国民的天讨,并不分什么南北关系。我们并不承认什么北京政府,但是你自命为北京政府的官吏,而做北京政府通缉的走狗,你有无面目对国民我且不问,但是你自己问问有何面目对你主人——北京政府!"这一句话忽然把这两个公使馆的最高官吏提得如梦方醒,急忙陪着干笑道:"我不叫,我不叫,但是请你们不要把我陪梁士诒的事声张罢。"

打场的人愈聚愈多了,打也不好容手了。于是饭馆的执事,怕祸上身,随着他们来的一群人众,把梁士诒拥上汽车。财神挨了一顿臭打之后,口里哼着,还咬紧一副黄板牙齿,说是"可恨,可恨,我明天再同你们算账"。恰好当时饭馆的主人,随着他,问他要账,听说"明天再同你们算账"数字,以为梁财神明日再来还钱,乃放了财神,让他白吃了,逃命而去。

打过之后,大家以为他们还有胆来,或是叫警察来报复,齐坐在饭馆等候。等了两个多钟头不见来，乃写一封公信给他，大署"锄奸团"。限他二十四小时以内，出德国境。可怜财神明天就要大请德国资本家的，这一来不但身痛难当，而且胆寒不敢，财神设法托词，取消前约，但是留学界纷纷传布，欧美各报纸，哪里让他隐瞒呢！

第二天——就是六月一日——有许多欧美新闻记者得了消息，设法前去探问被打情形的，追到Bristol Hotel去询问，则门人告以梁某已经不住在此地。听其内中人传出，则财神脸上，已经青一块，紫一块，高一块，低一块。好好梁士诒不曾见着德国曾到中国的资本家，或曾经研究中国学问的学者，不然，他们必大为骇怪，以为中国画钟馗进士的画家，认错了蓝本，把财神的尊容，当作钟馗画了。一九二四年六月一日，柏林。

  按：志希先生此信，系由柏林飞到莫斯科，由莫斯科乘西伯利亚铁道来的。所以称为飞信，名符其实。又梁士诒在德被殴事，国内报纸，以本报发表为最早（见六月三日本报柏林专电）。此消息传出后，与梁有关系方面或加否认。今读兹篇，当可证实本报所载之非虚矣。记者。

我所认识的戴季陶先生

四十多年的时光，仿佛像一转眼似的过去，回想故交耆旧，能不感慨万千。

我和戴季陶先生的最初见面，在民初四、五年间，他在"天仇"时代，我还在上海读书，并编辑《复旦》季刊，有时为报纸写写文章，曾经简短地晤谈过几次。民国七、八年间我在北大参加新文化运动，和傅孟真先生编辑《新潮》，那时季陶先生在上海办理《民国日报》，把副刊《觉悟》一版，首先改用白话文体，讨论文化社会问题，遥遥呼应。于是他和孟真同我通过好几次信，都是讨论有关前项问题的。当时他对宗教问题的议论，甚为激烈。民国八年底，我因被北洋军阀搜捕，遂由北京学生联合会派往上海担任一名代表，商量采取联合行动，予军阀以打击。在沪期间，我和季陶先生与朱执信先生因为文字上的因缘，谈天的机会颇多。那年的除夕，《民国日报》举行全体员工一道聚餐，当时还属创举，不知何故，我以外客的身份被邀。只是季陶先生豪兴百倍，酒多话多。他于酩酊之际，不知何故，听到我说了一句话，认为不无可取，于是突然对我磕了一个头，使我惶恐到不知所措。我提到这些有趣味的事情，因为现在大家谈起季陶先生来，常是回想到他晚年庄严的道貌、悲悯的言论，而不常提到他雄姿英发、感情真挚的青年时代。

民国十六年春,国民革命军克复南京以后,总司令行辕设在铁汤池丁园,中央重要会议多在该处举行。季陶先生和我都住在其中的一所楼房里,于是得常常请教。中央因为正在清党时期,亟须培养青年干部人才,于是筹设中央党务学校,派了九位筹备委员,季陶先生当然是其中的一位,我也忝予其列。筹备期间很短,以后中央任蒋先生为校长,季陶先生为教务主任,我为副主任,丁惟汾先生为训育主任,谷正纲先生为副主任,陈果夫先生为总务主任,吴挹峰先生为副主任。因为校长不能常常到校,所以季陶先生的主张,常为学校大计所关。在那年的炎夏,他和我同在丁园里费了三整天的时间,拟就第一期课程表,每项之下,都详加说明,确是悉心讨论的结果。在这阶段中,我很佩服他的精密和虚心。我和他共事期间,尤其感谢他于彼此真正了解之后,信任无间之诚。例如选聘教授一事,他完全付托给我,我亲自带名单去请问他的意见,他总是说:"你对于学术方面的人比我知道的多,而且你是严格和公正的,你办了好了。"我还是每次去看他,他总是这样说。我是主张训练青年要注重其基本的知识,和培养其厚重的品德,不可过于求速。所以党校第一期学生毕业的期间,继续延长两次,在负实际党政责任的朋友们,因为迫切人事上的需要,持不同的主张,是当然的事。可是我的见解,终于得季陶先生的支持而通过。以后隔了两年,政校改制,我重回该校主持教务,因为教育长丁惟汾先生需长期赴青岛休养,中央命我兼代其职务,季陶改任校务委员。我提出校务委员会将政校先改为二年半制,以后又改为四年制,称为大学部(复

员之后乃改为政治大学），我的心目中是想办成一个伦敦大学的政治经济学院（London School of Economics and Political Science）而兼具法国政治学校（L Ecole des Sciences Politique）性质的学校。（法国政治学校培养出若干普法战争后对于复兴法国有贡献的人才。所以，九一八以后，我更有这种联想。）我为这种主张，和季陶先生谈了一个深夜，终于得到他的支持而达成。我要补充一句说，我和季陶先生在若干见解上是不无出入的，而且有过剧烈的辩论，可是对于政校的教育方针上，我总是很感谢他能给我支持。

还有一件有关边疆教育的事件，我想也应当在此时一提。在党校初期，为了边疆青年升学的便利，曾附设一个蒙藏补习班，是临时性的。后来同人们都感觉到这个班很有意义，应当保持和扩充，于是我综合大家的意见，在校务委员会中提出一个方案，将该班改为附设蒙藏学校，这方案经季陶先生和陈果夫先生积极支持而成立。过了两年，我们感觉边患日亟，于是由我大胆的再拟一方案，将此校在边疆各适当地点成立分校五处，定名为中央政治学校附设蒙藏学校边疆分校。一在绥远的包头，为附近内外蒙青年求学便利；一在甘肃的酒泉，为河西和新疆（当时尚非中央力量所及）青年求学便利；一在青海的西宁，为青海及陇西一带青年求学便利；一在云南的大理，为滇西各族青年求学便利；一在西康的康定，为康藏青年求学便利。这计划是相当大而费钱的，我首先面交季陶先生审查，并加以说明。他看了兴奋异常，尤其赞成我选择的地点。在抗战以前，这计划已经次第实行，受过这本分各校教育的边疆青年有好几千人。没有季陶先生的赞助和果夫先生的筹划经费，在当时情形之下，可以说是很难完成。（因为在台党、政、边三校毕业同学要求我叙述季陶先生对于各该校的关系，所以我只能就个人与季陶先生亲自接触的事，据实写下来，并不是要把自己拉进去，我想这是大家可能谅解的。）

但是我在最后不能不写一件我认为是季陶先生生平最可佩服的事，也是一件在中国近代史上有决定性的大事。这件事发生在民国二十五年十二月十二日西安事变的消息到达南京的晚上。当天下午，这件荒谬离奇的意外消息传到南京，中央党部立即召集在京的中央委员和政治会议委员开临时紧急会议。变区传来的消息非常简略，真相自无从判断。全国震惊，讹言百出。在中央的人不但义愤填膺，悲痛万状，而且大家公共为国的同仇和私人爱戴的忠诚，交织成为理智和感情无从分辨无法形容的情况。在会议场中讨论复讨论，假设复假设，分析复分析，一小时、两小时、三小时、四小时……的过去。当然有主张立正纪纲讨伐叛逆的，也有主张与叛逆妥洽者。会场的辩论，与场外的电话，复不断的互为影响。加之不断的、相反的谣言，更使人无从判断，无所适从。其中有忠勇的军人却因身份关系而不敢作主张；有历史悠久的同志，却因有所避讳而不肯作主张；有敢作主张的同志，又因年事资历关系，虽有主张而无从贯彻。总之，遇此非常事变，许多学问胆识不够的人，根本就拿不出主张来。坐到子夜一时至二时，还无从得到决定。忽然季陶先生站起来了，他的神态简直像疯狂一般，他大声疾呼地主张讨伐。他激昂地说："现在委员长的吉凶未卜，若是不幸而为凶，则我们还去和叛逆妥洽，岂不是白白地上了他的当，乃至将来无法申大义而讨国贼。若是委员长还是安全的话，则我们用向绑匪赎票的方式将委员长救出来，则委员长又将何以统帅三军？领导全国？现在我们只有剑及履及的讨逆，才能挽救主帅的生命，挽救革命的事业。总理遗留下来的革命事业和委员长一生为革命奋斗的伟大成果，断不能因为这次西安事变便毁灭了。"他又说："我要警告大家，若是今晚我们中央不能决定讨逆的大计，明天全国立刻大乱，政府也垮了，大局无法收拾了，我们何面目以对总理？何面目以对蒋先生？"他说这番话的时候，眼睛也红了，声音也嘶了，这番话却决定了国家大计，于是全体一致地通过下讨伐令，任命何应钦先生为讨逆总司令，于右任先生为宣抚使宣慰西北军民。这是一件历史上重大的决定，本着"丧君有君"的《春秋》大义，也是明代于忠肃挽回"土木之变"成为一代社稷名臣的见解与风骨。不是真正的读书人，决不能有此胆识。这件事现在还有许多在场的朋友们可为证明，这件事使季陶先生真正不朽。

胡适之先生出任驻美大使的经过

在中国对日抗战时期，胡适之先生出任驻美大使这件事，的确是对于战时中美关系极有影响的一件大事。其中的经过，可能胡先生有他自己的记载，可是在国内这一段内幕的酝酿，他不一定详细知道。在八一三上海战事发动以后，全面抗战的军事立刻积极展开。蒋委员长看清了国际方面外交的重要，便请胡先生以在野名流学者的身份赴欧美各国访问，着重之点当然是美国。

胡先生到美国再转赴欧洲。当时中国驻美大使是王正廷，在外面不知道的人以为王正廷是一个老外交家，在美国应该很能活动。谁知道王在美国这段真是笑话百出，他拿当年在上海做青年会干事和交易所投机家的办法来，想在美国高层社会里受到重视，谈何容易。他在抗战初期，说是向美国某处可以借一笔几千万的借款，报告本国政府像煞有介事，哪知道最后毫无结果。在政府退到武汉的时候，他又打电报来报告说是替某家银行商订了一笔两亿五千万的借款，什么都讲好了，只要中国政府一通过就可以成立。当时我们政府在武汉正是极困难的时期，得到这个消息自然很高兴，信以为真，居然在行政院会议里决议通过。

在没有通过之前，孔祥熙（当时是财政部长）把这个消息透露给一个英国顾问（偶忘其名），他就提醒孔道："这件事恐怕

靠不住。因为在美国的财团若是要负担这么一笔大的借款，只有二个有这么大的力量，一个是摩根公司（J. P. Morgan），一个是杜拉雷特公司（Du La Reed）。现在王正廷的报告里，这二个公司都不曾参加，决没有第三个集团有这力量。"可是孔祥熙哪里肯信，于是提出行政院会议把王议通过，不料结果完全不出这英国顾问的预料。为着这件事，政府觉得非常难堪，决心要撤换王正廷，同时由蒋先生打电报给胡先生，征求他本人的同意出任驻美大使。

这时候胡先生在欧洲，同他一道旅行有协助他任务的钱端升。据钱端升告诉我，胡先生接到这电报以后，考虑了一整夜，几乎没睡；当然一方面他感觉到责任的重大，另一方面又不忍放弃他为学而不从政的宿愿。最后他决定干了，复电回国，政府自然表示欣慰。哪知道武汉快要沦陷的时候（行政院长汪精卫已到了重庆，蒋委员长还留在武汉正在布置撤退的时候），还没有发表任命，而蒋先生曾电胡先生，要他在十月十日（民国二十七年的双十节）到美国递呈国书，因此胡先生对于其他各国请他演讲的约会都无法答应。十月十日即将来到，国内消息全无，于是他打了个电报回来，辞谢使美的任务，同时打了个电报给另外一位朋友说："此事久无复音，想有变卦，能就此摆脱，正中下怀。"蒋先生接到电报以后，知道其中必有原因，于是立电重庆，电文中有"王正廷不可再令误国"这句话，于是孔祥熙急了，当时在国民政府纪念周以后就找到王雪艇，请他立刻去电胡先生为他解释，劝胡千万不可再辞。王当然替他代转此意。

其实王正廷之使美纯粹因为孔的关系：他们都是当年在基督会青年会的兄弟们，所以王接连出了这二件事，孔还是庇护，这是千真万确的。我记得大约那年十月初，在汪精卫官邸吃晚饭之后，我问外交次长徐谟（当时部长是王宠惠先生）胡先生使美的消息怎么样了，他说："胡先生要顾全王正廷的面子，示意教他来电辞职，可是王正廷辞职的电报始终不肯打来，所以拖到现在。"并且王正廷为了恋栈，还想另行进行一笔借款，可是愈弄愈糟，因为替他奔走的一个外国人是一个流氓型的掮客（这个人的姓是B字开头，《纽约时报》曾经发表过一段小新闻，说是王正廷请他做顾问，词句之间颇暗示他所引用乃无行小人），所做的老是招摇撞骗的勾当。在王正廷离职以后，此人还在美国法院告王正廷，说是他借款是办成功了，只因为王正廷和自己搞得不好，所以功败垂成，他要王正廷赔偿他的回扣，真是一场笑话。

蒋先生来电后，政府很快地电美国政府征求对继任者的同意，美国很欣然地答应了。胡先生在美国的交游本来很广，声望很大，尤其是罗斯福总统对他有特别的好感。最重要的原因之一是因为美国哈佛大学二百周年纪念的时候，授予世界六十个名人以名誉学位，胡先生是其中唯一的中国人。罗斯福是哈佛的毕业生，所以哈佛捧的人他也跟着捧。以后他同胡先生过从颇为频繁，有时还请胡到他的休假地点温泉别墅去度周末。

胡先生仍然抱着一种独来独往的态度，不愿意自己带人帮忙，只调了当时芝加哥的总领事陈长乐担任大使馆参事，可是因此得罪了钱端升。不幸陈长乐又是一个毫无办事能力的人，于是使胡先生累得不堪。后来我为他设法从英国郭泰祺大使处调了刘锴去代陈，方才减少了若干琐事的麻烦。

胡先生使美期间最大的贡献，就是在珍珠港事变的前后，假定不是罗斯福总统对胡先生有这种私人的友谊，可以随便谈话毫无间隔，那外交上许多的接触绝不会像当时那般的顺利。一般浅薄的人，常以为外交不厌狡诈，狡诈几乎是天经地义。其实在许多情况之下若不如此而开诚相遇，有时是非常中用的。

在一九四一年秋天，日本派莱栖和野村为特使，前往美国商量太平洋的和战问题，他们提出一个方案，要美日双方同意一个三个月的妥协。罗斯福居然把这方案的内容全部地告诉胡大使，他说："我决不背了中国答应中国不曾同意的事，所以要请你电告蒋委员长，征询他的意见。"胡先生把这情形来电报告政府，蒋委员长立刻召集最高会议商量如何答复。当时假定美日有三个月的妥协，未始对中国没有若干一时的便利，如中国有若干船军火尚在途中，只要美日战事不爆发，这些或更多些军火可以平安运到的。可是蒋委员长详细考虑之后，认为若是美国可以同日本妥协三个月，也就未始不可以继续妥协下去，这个危险太大了，因此我们情愿冒着目前的危险而不愿意饮鸩止渴，电知胡大使转告罗斯福表示反对。当胡先生把这意思转达罗斯福，罗斯福的反应是："既然蒋委员长不赞成，我可以拒绝日本提出的方案。可是请你转达蒋委员长，我拒绝了日本的要求之后，太平洋上有随时发生战事的可能！"可见得罗斯福对于美日战争的爆发是预料到的，可能他没有想到有珍珠港偷袭的事件。

在珍珠港事变发生的头一天，美国的十二月六日下午，胡先生到纽约赴一个带援华性质的盛大晚餐会。在要上席的时候，忽然接到华盛顿的电话，说是罗斯福总统请胡大使到白宫去有话面谈。当然这时胡大使无法分身，只能于席散之后立刻坐夜车回华盛顿，约在次日上午和总统见面。胡大使是十一时左右进白宫的，罗斯福告诉他说："那两个家伙（the two fellows）来过了，我已经拒绝了他们的建议。请你告诉蒋委员长叫他放心，可是太平洋战事随时可能爆发，可能在菲律宾、关岛这一带。"从总统办公室出来以后，胡大使绕到国务院去看看动静。国务卿赫尔不在，次长也下办公了，只有远东司的司长还在（胡先生在国务院里因为同许多人有私交，所以能够随便到各人的房里去坐），这位司长反而问胡先生罗斯福总统同他谈什么话。坐了一会儿，他回到大使馆，正在吃饭的时候，白宫来了电话，说是罗斯福总统要和胡大使讲话。胡先生拿起电话的听机，那边就是罗斯福的声音叫道："胡适，Japs对我们在珍珠港用空军海军一道开始攻击了。战事已经开始，请你打电报报告你本国政府。"胡先生事后对我说："这时候我觉得大事已定，心里一块石头才放下去。"（以上这段话和以后若干的话，都是在一九四五年十一月间胡先生在伦敦 Claridge's Hotel 里告诉我的，那时候我们同在伦敦开文教组织会议。）胡先生又说："我想罗斯福为什么立刻亲自打电话给我，他除了要我报告中国政府之外，还有一个理由就是他在半点钟前同我谈的时候，他举了几个可能发生战事的地点中没有提到珍珠港，觉得自己有点考虑不周，所以特别补这个电话。"

自此以后，中国同美国并肩作战，成了密切的盟邦，胡先生在美国的声望自然也一天一天地增高。他的影响与其说是在政府

方面大，不如说在社会方面，尤其是知识分子方面更要大。他自己说："我从不曾开口问美国要过一个钱，要过一支枪，我只是把真实的事告诉人家，把真实的道理告诉人家。"这种做法虽然过于君子相，可是在大处只有好结果，而并不曾吃亏，亦是外交上一个很有价值的纪录。

这个情形过了不久，起了一种不幸的变化。伤心的是，这种变化不起自美国，而起自我们政府的本身。宋子文继任外交部长以后，不在重庆而长在美国。在抗战初期，宋子文是以中国银行董事长的资格常川驻在美国的，他是一个骄傲的人，常常自以为和蒋先生有亲戚关系而目空一切。他觉得有许多重要的事，胡大使应当事先和他商量，重要的电报，似乎也应该给他看，可是胡先生不买这个账，宋心里很不痛快。尤其是华盛顿政府重要人员请客的时候，按照外交上的规矩安排席次，当然大使代表他国家的元首，位置排得很高，而中国银行的董事长无论过去做过什么重要的职务，但在现在的本职上，当然不能轮到高的座位，这也是宋一向觉得最不高兴的事。

到现在宋做了外交部长了，而且常川驻在美国，凡是国内拍来对美外交有关的电报，当然先打给外交部长，外交部长为了共同谋国，理应送给大使看的。可是心胸窄狭、不明大体的宋子文先生，凡是重要的电报都不转给胡大使看，胡先生当然感觉到了，他当时想辞职，后来因为顾虑到抗战的全局，把这种意愿搁置了半年以上。他亦就常常到各重要的或适合的学术机关去演讲，做宣传和联系的工作，不愿意在华盛顿受闲气。到最后不能不走了，宋当然很愿意去掉一个在美国声望远高过他的人。

不料提出的继任人选是魏道明，这大概是李石曾先生向宋保荐的。当中国政府请美国同意大使继任人选时，美国政府迟到一个月以上不曾复电。最后美国国务卿赫尔公开地说："因为美国立国一百几十年以来，不曾对于外国政府所提出的大使人选采取不同意的表示，所以这次亦不例外。"等到新任大使发表以后，美国副国务卿S. Welles有一个公开的谈话，说是："奉总统命表示，美国对于胡大使的离任表示诚恳的惋惜，因为他是中国最能干、最忠实的公仆（public servant）。"在美国一般人称赞胡先生的，多半称赞他的学问和智慧，可是这次美国副国务卿奉罗斯福总统命来恭维他执行公仆任务上能力的表现，一方面看去仿佛是别开生面，可是从另一方面看去，这句话里也含有其他重要的意义吧！

胡先生是受学术界荣誉最多的一个人，不但是在中国人中，在其他国家中也是如此。他在卸任大使的时候所得到的名誉博士学位有三十二个之多，最后在民国三十四年冬英国牛津大学送他一个名誉博士学位，那是第三十三个。当然赠予他名誉博士学位的大学，以美国为最多。

胡先生有一次同我说笑话说："人家都知道我是一个名誉学位的收集者，人家也知道我是洋火盒子的收集者（他喜欢搜集美国各种不同精美的火柴盒，有几千个之多），但是人家不知道我是怕太太故事搜集者。我把世界各国怕太太的故事搜集起来，做了一个分析的研究，发现最缺少怕太太故事的国家只有二个，一个是德国，一个是日本，间或他们有几个怕太太的故事也是舶来品，从外国输入的。所以我的结论是：怕太太的现象只有民主国家才有，极权国家是不会有的。"说了许多正事以后，引一个胡先生自己所说的笑话来做一个比较轻松风趣的结束。

坛坫风凄

——凭吊蒋廷黻先生

我以沉痛的心情，吊这位拥大学皋比的史家和折冲樽俎的名将，乃是在"国步艰难"中为丧失民族斗士而挥泪，岂仅为四十多年的友好而悲伤！

在民国九年秋，我从普林斯顿到纽约访友的时候，在哥伦比亚大学和他初次见面，相谈甚欢。据朋友们见告，他在美国奥伯林学院（Oberlin College）毕业后，应青年会的约请，前往法国，协助在法战区的华工教育及待遇事项。听说当时他为了进东美大学的学费太大，需要借工作的所得，以资挹注；同时也就地学了足以应用的法文。美国学生常常有此作风，但我体会到他一般的豪气，从来也不以此问他。他对于民国八年国内发生的五四运动，也颇有"心焉向往"的表示。

到了民国十年，美国政府为了主张重定太平洋上海军的均势，以避免与日本随时可以发生的冲突，乃于此年（一九二一年）八月决定召开在太平洋上与海权有关的九国会议，并定于是年十一月十一日，即第一次世界大战停战日，在华盛顿揭幕。这个消息出来以后，举世风动。有关系的国家，多数均在准备应

付。只有中国的北京政府，不但毫不关心，而且其中有若干派系，抛开国家的存亡，唯私人的利益是图。军阀不必说了；即就政客的派系来说，他们首先的一着，就是以铁路、交通、矿产等项来做借外债的抵押品，以供应这些派系里徒子徒孙的生活。他们纷纷汇款给在美的亲友，并令其从留学生群中收买有能力的分子，为其工作，以壮声势。哪知就在这一九二一年暑假的时候，美国东部的中国留学生，在康涅狄格州的霍其开斯湖边开夏令会，正是为防止和对付这些出卖祖国、出卖灵魂的勾当。来做说客的人，暗地炫耀在若干人前，说出参加他们工作的代价。吴之椿同学（哈佛研究生）听了大惊，事后立即将详情告我，我又邀请几位耿直的同志们，如段锡朋兄等，一道在我房内商量。大家莫不义愤填膺，决定非当众揭发此项阴谋不可。于是在那天下午的大会中，我首先上台报告发现祸国阴谋的大概，再请吴之椿同学详细说明，继之以段锡朋同学慷慨激昂的演说。于是人心大振，士气轩昂，自是无人敢肆簧鼓。上述的游说者，隔日亦已难觅踪迹。我们于是确定会名为中国留美学生华盛顿会议后援会，并以五四的口号"外争国权，内除国贼"为宗旨，即将会址迁到华盛顿办公；更将后援会于开会期内出版刊物，不断在华盛顿向各国代表团分送。主编英文刊物者，先后有蒋廷黻、刘崇鋐、查良钊、向哲濬、吴之椿诸同学。中文通信寄与美国、加拿大各地侨报，以及寄中国上海、北京（当时名称）各大报者，则以我写的急就章为较多。凡此各项费用，均由其写作者的本人，或其有联络的单位，分别筹措处理。可是最初发动时所筹的经费，只不过二千余美元，不多时也就完了，零星筹款颇感困难，但热心的同志，气终不馁，想尽方法，挣持到大会闭幕为止。其中女同学如丁懋英女医生（回国后曾任天津女医院院长，于抗战前即曾被日军拘捕过，罪名是"反日"）、卓文女士（曾参与黄花岗起义之役）、唐玉瑞女士（后为蒋廷黻夫人）等亦均充分表现爱国热忱，甚可赞佩。还有许多大名应当提及，可惜这篇很短的记录中，不能备列。这场维护国权的斗争，也在华盛顿会议结束后，告一段落。

华盛顿会议这一幕曲终人散后，我和若干位朋友，也都收了放心，各回原校求学。我因为受了杜威教授（Prof John Dewey）和Dean Woodbridge的吸引，也转到哥伦比亚大学求教。当时哥大不仅以哲学和教育学著名，而且其所聘的历史系若干教授如Carlton Hayes, Dunning, Shortwell诸位，也都是一时人望。廷黻就在这个气氛之中写他的博士论文。他也同我谈过若干次有关中国史学及其研究方法问题，我设法转借顾亭林的《日知录》、黄梨洲的《明夷待访录》、赵瓯北的《廿二史札记》等书请他看。他虽然以前看线装书不太多，可是他是非常聪明的人，自然易于心领神会。他回国比我早，先在南开新设的大学部教书。北伐胜利以后，我奉命任清华大学校长，并以建设清华为中国现代化的第一流大学，俾与世界先进大学抗衡为职志，所以聘请教授非常认真，尤其是院长和系主任的职位，决不能为私人的交情而稍误青年的学业，因此而不能见谅于人者颇多。历史学系的人事，尤其使我遇到这种痛苦，我决定只能自己担当起这份担子来，以等待廷黻在南开最后一年聘约期满后，前来接替。届时廷黻果然来了，非常认真地主持史学系系务，前后约计八年，直至抗战情势迫切,他转任政府机要职务。以后他改任驻苏俄、联合国及美国。前年和去年郭廷以兄曾两度告我,谓廷黻先生在美两次与他接谈,都说到他已决心返台,要重整中国近代史研究工作。并且两次都说道:"最早赏识我,劝我做中国近代史研究工作的人是罗志希。"廷黻这话太客气了。他的死对民族、对史学都是很大的损失,不但友好衔悲,即途人亦复太息。

元气淋漓的傅孟真

感情不容许我写这篇文章，可是道义不允许我不写这篇文章。孟真有知，当知道我此时心头的难受。

在这万方多难的时候，突然看见国家民族丧失了这样一个最英勇的斗士，教育文化丧失了这样一股向开明进步和近代化推进的伟大原动力，已经够使我悲痛了，何况这个人是我三十四年的生死道义之交，打不散、骂不开的朋友。

我虽然伤感，可是我准备写这篇文章的时候，却是准备屏敛感情，尽量客观地描写一点我在三十四年来认识的傅孟真。大家却要首先放在心里，光芒四射的傅孟真，断不是这篇文章所能尽其万一。

我和孟真是民国六年开始在北京大学认识的。他经过三年标准很高的北大预科的训练以后，升入文科本科，所以他的中国学问的基础很好，而且浏览英文的能力很强。这是一个研究中国学问的人不容易兼有的条件。我是从上海直接考进文科本科的学生，当时读的是外国文学，和他的中国文学虽然隔系，可是我们两人在学问方面都有贪多务得的坏习惯，所以常常彼此越系选科，弄到同班的功课很多，就在哲学系方面，也同过三样功课的班。我们开始有较深的了解，却在胡适之先生家里。那是我

们常去，先则客客气气的请教受益，后来竟成为讨论争辩肆言无忌的地方。这时期还是适之先生发表了《文学改良刍议》以后，而尚未正式提出"国语的文学，文学的国语"，也就是未正式以文学革命主张作号召以前。适之先生甚惊异孟真中国学问之博与精，和他一接受以科学方法整理旧学以后的创获之多与深。适之先生常是很谦虚地说，他初进北大做教授的时候，常常提心吊胆，加倍用功，因为他发现许多学生的学问比他强。（抗战胜利后的第二年，适之先生于北大校庆之夕，在南京国际联欢社聚餐时演讲，就公开有此谦词。）这就是指傅孟真、毛子水、顾颉刚等二三人说的。当时的真正国学大师如刘申叔（师培）、黄季刚（侃）、陈伯弢（汉章）几位先生，也非常之赞赏孟真，抱着老儒传经的观念，想他继承仪征学统或是太炎学派等衣钵。孟真有徘徊歧路的资格，可是有革命性，有近代头脑的孟真，决不徘徊歧路，竟一跃而投身文学革命的阵营了。以后文学革命的旗帜，因得孟真而大张。

在这当儿，让我小小的跑个野马，说一件孟真那时候顽皮的趣事，以见孟真那时候的学问基础；何况写文章跑野马原是孟真的惯技。就在当时的北大，有一位朱蓬仙教授（注意不是朱逷先先生），也是太炎弟子，可是所教的《文心雕龙》却非所长，在教室里不免出了好些错误，可是要举发这些错误，学生的笔记终究难以为凭。恰好有一位姓张的同学借到那部朱教授的讲义全稿，交给孟真。孟真一夜看完，摘出三十几条错误，由全班签名上书校长蔡先生，请求补救，书中附列这错误的三十几条。蔡先生自己对于这问题是内行，看了自然明白，可是他不信这是由学生们自己发觉的，并且似乎要预防教授们互相攻诘之风，于是突然召见签名的全班学生。那时候同学们也慌了，害怕蔡先生要考，又怕孟真一人担负这个责任，未免太重，于是大家在见蔡先生之前，每人分任几条，预备好了，方才进去。果然蔡先生当面口试起来了，分担的人回答的头头是道。考完之后，蔡先生一声不响，学生们也一声不响，一鞠躬鱼贯退出。到了适当的时候，这门功课重新调整了。这件事可以表示一点当时的学风。我那年不曾选这样功课，可是我在旁边看得清清楚楚。他们退出来以后，个个大笑，我也帮了大笑。

那时候学生物质的生活非常朴素简单，可是同学间的学术兴趣，却是配合成一幅光怪陆离的图案。我住在校外松公府公寓，孟真住在校内的西斋四号。我早晨到校上课之前，首先要到他房里谈天，他没有起来的时候，我有时掀他棉被，他颇引以为苦，气得大叫。他房间里住了四个同学，一个顾颉刚，静心研究他的哲学和古史，对人非常谦恭；一个狄君武（当时名福鼎），专心研究他的词章，有时唱唱昆曲；一个周烈亚，阿弥陀佛地在研究他的佛经（后来他出家在天目山做了方丈）；一个就是大气磅礴的傅孟真，和他的一班不速之客的朋友罗志希等，在高谈文学革命和新文化运动。这是一个什么配合！可是道并行而不相悖，大家还是好朋友。

民国七年，孟真和我还有好几位同学抱着一股热忱，要为文学革命而奋斗。于是继《新青年》而起组织新潮社，编印《新潮》月刊，这是在这个时代中公开主张文学革命的第二个刊物。我们不但主张，而且实行彻底的以近代人的语言，来表达近代人

的意想，所以全部用语体文而不登载文言文。我们主张文学主要的任务，是人生的表现与批评，应当着重从这个方面去使文学美化和深切化，所以我们力持要发扬人的文学，而反对非人的与反人性的文学。我们主张学术思想的解放，打开以往传统的束缚，用科学的方法来整理国故。我们推广这种主张到传统的社会制度方面，而对固有的家族制度和社会习惯加以批评。我们甚至于主张当时最骇人听闻的妇女解放。《新潮》的政治色彩不浓，可是我们坚决主张民主，反封建，反侵略。我们主张我们民族的独立和自决。总而言之，我们深信时至今日，我们应当重定价值标准，在人的本位上，以科学的方法和哲学的态度，来把我们固有的文化，分别的重新估价。在三十年前的中国，这一切的一切，是何等的离经叛道，惊世骇俗。我们主张的轮廓，大致与《新青年》主张的范围，相差无几。其实我们天天与《新青年》主持者相接触，自然彼此间都有思想的交流和相互的影响。不过，从当时的一般人看来，仿佛《新潮》的来势更猛一点，引起青年们的同情更多一点。《新潮》的第一卷第一期，复印到三版，销到一万三千册，以后也常在一万五千册左右，则声势不可谓不浩大。到了民国八年上半年，文学革命运动已经扩大为新文化运动。等到五四运动的巨浪发生，更把他澎湃至全国的每一个角落，这股伟大的思潮，在许多方面很像是十八世纪后期由法国开始，以后弥漫到全欧的"启明运动"。（这个运动，英文名叫Enlightenment，意为启明。而德文称为Aufklärung带扩清的意义，似更恰当。）

　　《新潮》能有这种成就，得力于孟真为最多。当时孟真和我虽然一道从事编辑的工作，可是孟真实为主编，尤其是开始的几期。孟真把握新文化运动的主张很坚定，决不妥协，而选择文章的标准又很严。他批评的眼光很锐利，而自己又拿得出手。许多投来的稿，我们不问是教员或同学写的，如果还有可取，就老实不客气的加以删改。我虽然同他一道做删改文章刀斧手，然而看见他这样严格的标准，使我对于自己的稿子，也有戒心，不能不先慎重一点，才敢交出来。从这方面来说，我深得孟真的益处。益友之所以对友能益，这就是一个例子。当时我的文章，虽然也有人喜欢看，可是我总觉得不如孟真的厚实，这使我常常警惕在心。（我们后来重看当年我们在《新潮》上的文章，常觉惭愧。至少我对于我所写的，永远不愿再印；可是在那时候扩清和兴奋的力量，据说确是不小。）我们在办《新潮》以前和在办《新潮》的时候，有一件共同的嗜好，就是看外国书。因为第一次大战时外汇非常便宜，所以我们每人每月都能向日本丸善株式会社买几本新书；而丸善又非常内行，知道我们的胃口，于是凡是新到了这类的书，常常用"代金引便"（即向邮局付款提书）的办法寄来，弄到我们几个手上零用钱都被他吸光了，有时眼见要看的书到了而无钱去取，只得唉声叹气。我们常是交换书看，因此增加了许多共同的兴趣和见解。当年孟真不免有一点恃才傲物，我也常常夜郎自大，有时彼此间不免因争辩而吵架。有一次吵得三天见面不讲话，可是气稍微下去一点立刻就好了，因为我们有许多共同的理想，共同的认识，以后成为彼此人格间的信任。我们都不免自负，可是我们都能努力做到屈伏在道理的前面。

　　孟真在五四的前夕，是参加发难的大会的，为当时被推的二十个代表之一。五四那天,他是到赵家楼打进曹汝霖住宅的。不知为何第二天在开会的时候,有一个冲动到理智失了平衡的同学,同他打了一架,于是他大怒一场,赌咒不到学生会里来工作。可是他在旁还是起劲,大约他看见书诒出来主持一切,他可以放心了。就在五四那年的夏天,他考取了山东的官费,前往英国留学,进了伦敦大学研究院,从史培曼(Spearman)教授研究实验心理学。这看去像是一件好奇怪的事,要明白他这种举动,就得要明白当新文化运动时代那一班人的学术的心理背景。那时候,大家对于自然科学,非常倾倒,除了想从自然科学里面得到所谓可靠的知识而外,而且想从那里面得到科学方法的训练。在本门以内固然可以应用,就是换了方向来治另一套学问,也可以应用。这是孟真要治实验心理学的原因。孟真为了要治实验心理学,进而治物理化学和高深的数学。他对于数学的兴趣比较浓,因为他在国内的时候,就喜欢看逻辑的书,研究皮尔生的"科学规律"(Karl Pearson的Grammar of Science)和或然律(Law of Probability)。后来像金斯(J. M. Keynes)所著的《或然律研究》(*Treatise on Probability*)一类的书,都是他很欣赏的。所以可以说,孟真深通科学方法论。当然以贪多务得细大不捐的傅孟真,他的兴趣决不会限于一方面。他对英国的哲学、历史、政治、文学的书籍,不但能看,而且能体会。我想他对于萧伯纳的戏剧,几乎每本都看过,所以萧伯纳死后,他有做文章批评的资格,而且批评得很深刻。(可是孟真所了解的易卜生主义,最初却是萧介绍的。)以后到了德国,因为一方面受柏林大学里当时两种学术空气的影响(一种是近代物理学,如爱因斯坦的相对论，勃朗克的量子论，都是震动一时的学说；一种是德国历来以此著名的语言文字比较考据学），一方面受在柏林的朋友们如陈寅恪、俞大维各位的影响，所以他到柏林大学去既听相对论，又听比较语言学。他有了许多科学的方法和理论，又回头发现了他自己曾经储藏下的很丰富的中国历史语文的知识，在此中可以另辟天地，所以他不但配谈科学，而且是具备了解一般科学范围的通才，并且更配做中央研究院历史语言研究所的所长了。这是孟真忽而研究中国文学，忽而研究实验心理学，忽而研究物理、数学，忽而又成为历史语言学的权威的过程。

还有一种，这群人的学术的心理的背景若是明白了，可以帮助了解当时那种旁征侧挚，以求先博后专的风气。因为当时大家除了有很强的求知欲而外，还有想在学术里求创获的野心。不甘坐享现成，要想在浩瀚的学海之中，另有会心，"成一家言"。这种主张里，不无天真幼稚的成分，可是其勇气雄心，亦不无可嘉之处。朋友中如陈寅恪虽自谦谓所治乃"咸同之间不古不今之学"，其实他从哲学、史学、文字学、佛经翻译大致归宿到唐史与中央亚细亚研究。而其所通，除近世重要文字外，还有希腊、拉丁、梵文、巴理文、中波斯文、突厥文、满文、蒙文、藏文等，供他参考运用的总计不下十六七种。他是由博到精最成功的一个人。俞大维则天才横溢，触手成春；他从数学，数理逻辑到西洋古典学术的研究（即希腊、罗马学术思想的典籍，所谓Classical Studies）；从历史、法理到音乐，再从音乐到开枪放炮的弹道学，和再进而研究战略战术。我想他心目中最向往的是德国大哲学家莱白尼兹（Leibnitz）是不见得十分冤他的。如毛子

水本来是研究数学很好的,不幸他的中国学问比他的数学更好,于是他就以数学的精神应用到中国文字考据学上去。他在德国研究科学地理,然而在柏林大学的古典学问空气之中,又爱上了希腊文,于是他去把利玛窦所译《几何原本》改译一遍,也许是纯粹由于知识的兴趣,也许其下意识中带了一点要和这位最著名的耶稣教士的最著名的译本争胜,这我可不一定知道了。诸如此类的情形还有,我所写的不过是那个环境里的空气。孟真是好强好胜的人,这种空气自然更刺激他博学好问的精神。孟真在这阶段里学术思想变迁的过程,我在上面已经简略的说过。其实他涉猎的范围尚不止此。有一天,在柏林康德街廿四号中国餐馆吃晚饭,孟真夹了一个其重无比的书包来了。经我们一检查,发现了三厚本一部的《地质学》。子水是不甚开玩笑的,可是这次却很幽默地说道:"这部书是'博而寡约',傅孟真读他是'劳而无功'。"这话当时气得孟真直跳,可是大家都默认这个幽默中的真理。现在有人误以为我的学问很博,其实哪有这回事。他们才是真正的渊博,我见到这些大巫,比小巫都不如呢!在民国十二年至十四年之间,不期然而然的,这些人大都集中在柏林。如赵元任、徐志摩、金岳霖诸位,也时来时去。有时候大家在晚上闲谈的时候,各抬妙谛,趣语横生。回想起来,真是人间一种至乐,可是此乐已不可再得了!

若是新文化运动好比法国的启明运动,那么上面说的风气,也颇有一点像当时法国"百科全书家"(Encyclopaedist)的风气,虽然各人的造诣和成就,各有不同,也就各有千秋,绝难对比。而孟真的号召力和攻击精神,则颇与伏台尔(Voltaire)

相似。他们都愿意为自由和开明而奋斗，对于黑暗和顽固有强大的摧毁力，而且爱打抱不平，也是相似之处。不过伏台尔不免刻薄，而孟真则厚重；伏台尔有些刁钻古怪，而孟真则坦白率真。我笑他有时把伏台尔的精神，装在赛缪·约翰生（Samuel Johnson）的躯壳里面。（约翰生是大胖子。）孟真在后来对伏台尔的观念容有改变，我不知道，可是在当时他却是恭维他。我有一次和孟真开过一个大玩笑，大约是民国十三年，蔡先生重到德国，孟真和我，还有几位同学，陪蔡先生同游波次坦的无愁宫（Sans Souci），行经佛雷德烈大王招待伏台尔住的房间，房中有一个大理石雕刻的伏台尔像，非常精美。孟真颇为欣赏流连，因此落后了。我回身去找他，同他回群以后，蔡先生问我孟真在看什么。我以顽皮带笑的态度，当面编了一个故事，说：孟真在对伏台尔深深一鞠躬，口中念念有词，我听他念的是什么，原来是李义山"词客有灵应识我，霸才无主始怜君"那两句诗。孟真气得要上前来打我。我大笑向蔡先生侧边一闪，蔡先生也不禁失笑，于是孟真的幽默跟着就恢复了。至于说到孟真像约翰生，他倒不以为侮的；有时他拍拍肚子，还以他自己是胖子自豪。约翰生在他的时代的英国，名重一时，为文人学者集团的中心。他有渊博的学问，极健的谈锋，他的一言半句，别人以为字字珠玑。他有一个信徒，名叫鲍斯威尔（Boswell），常常不使他知道，躲在椅子背后记录；有时被约翰生发现了，还要把他赶走。可是以后根据这些材料，鲍斯威尔写了一部《约翰生传》，为至今传诵的不朽之作。我现在觉得最可惜的是孟真不曾有过这样一个鲍斯威尔，使他许多思想，许多见解，许多名言俊语，自私一点说罢，甚至于我们吵架的话，不曾有人记下来。李济之说："你说孟真与伏台尔有相像之处，在反对愚昧一点，的确相像。最可惜的是伏台尔活到八十四岁，把他要写的都写完了，但孟真只活到五十四岁就死了。他的满肚子的学问，满肚子的见解，正在成熟的时候，正在开始写的时候，忽然死去，真是最可伤心的事，不可补偿的损失。"我听了只能仰天长叹道："天夫！天夫！何夺我孟真之速也！"

孟真比我回国为早，他在广州中山大学担任教授，兼任文学院长。以后我加入了北伐的工作，于北京克复后，我任国立清华大学校长，他任中央研究院历史语言研究所所长，同在一个读书时代的故乡，过从又亲密起来。他办历史语言研究所时所树立的标准很高，观念很近代化。他的主张是要办成一个有科学性而能在国际间的学术界站得住的研究所，绝对不是一个抱残守缺的机关。他对于外国研究中国学问的汉学家中最佩服的只有两个人，认为其余的许多都是洋骗子。一个是瑞典的高本汉（Karlgren），讲中国语音学的专家；一个是法国的伯希和（Pelliot），讲中国唐史、中央亚细亚研究的专家。这两个人对于中国学问的科学性的造诣，给了孟真很大的刺激。可是孟真办理历史语言研究所的成绩，反过来得了他们两人很深的敬佩。行家的事，只有行家真能懂得。历史语言研究所的《集刊》和《分刊》，得到国际学术界很高的重视，这研究所的本身也取得了国际学术界很高的地位。这自然是经由许多学者协力造成的，可是孟真领导的力量是不可磨灭的。他不只能领导，而且自己真能动手呀！他办的只是这一个研究所，但是他常为整个中央研究院策划。因为他是能贯通中西的通才，所以他的意见，常有压倒的重量，因此许多人以为他好管闲事而讨厌他，可是他却不管一切，因为他认学术是国家之公器。

以后我长中大，他仍在北平，只是我们易地开会的时候，才能相见。不见要想，见面就吵，真是奇怪的事。这几年中可以为他高兴的，就是他能和俞家八小姐大綵女士结婚，使他得到许多精神的安慰和鼓励。俞家的兄弟姐妹，我个个都很熟，个个都非常的聪明，大綵自然也是卓越的一位。孟真常是向我恭维大綵的小品文如何写得好，小真书如何写得好，他言之津津有味。有一次我和他开玩笑说："大綵赏识你，如九方皋伯相马。"他为之大怒，要来扑我。又有一次，他对我盛夸他的儿子仁轨如何聪明，我带笑地说："犬父竟有虎子。"他却为之大喜。孟真是人，不是做作的超人，是充满了人性的人。说到聪明的孩子仁轨的命名，确有一件可纪念的故事。有一天孟真对我说："我的太太快要生孩子了。若是生的是一个男孩，我要叫他做仁轨。我一时脑筋转不过来，向他说："为什么？"他说："你枉费学历史，你忘记了中国第一个能在朝鲜对日本兵打歼灭战的，就是唐朝的刘仁轨吗？"从这种史迹上，要预先为儿子命名，他内心所蕴藏的是多么强烈的国家民族意识！

说到抗日的精神来，孟真在北平环境里所表现的真是可敬可佩。当冀察事变发生，日本在闹华北特殊化的时候，许多亲日派仰人鼻息太过度了。北平市长萧振瀛招待北平教育界的一席话，俨然是为日本招降，至少是要北平教育界闭口。在大家惶惑之际，只有适之先生和孟真挺身而起，当面教训萧振瀛一顿，表示

坚决反对的态度，誓死不屈的精神；于是北平整个混沌的空气，为之一变，教育界也俨然成为左右北方时局的重心。孟真这种伸张正气的精神，是使他不顾一切的。大家不要忘记，那时候的华北，不但是亲日派横行，而且日本特务也公开活动，这是一个生命有危险的局面。

在抗战开始的时候，将北大、清华、南开三校合组而为西南联合大学的主张，是孟真出的。他为西南联大，颇尽维护之能事。他坚决拥护抗战建国的国策的情绪，何消我说。苦苦的熬了八年，最后得到了胜利，所以在日本投降的消息传到重庆的晚上，孟真疯了。从他聚兴村住所里拿了一瓶酒，到街上大喝；拿了一根手杖，挑了一顶帽子，到街上乱舞。结果帽子飞掉了，棍子脱手了，他和民众与盟军大叫大闹了好一会，等到叫不动闹不动了，回到原处睡觉，等到第二天下午我去看他，他还爬不起来，连说："国家出头了，我的帽子掉了，棍子也没有了，买又买不起，晦气，晦气。"这是孟真的本色，孟真不失为真！

抗战期间，孟真在国民参政会里所表现的固然为一般人所钦所佩，可是许多人更觉得有声有色。除了他坚定的拥护抗战而外，他还为两种主张而积极奋斗，一是反对一切违背时代精神、科学理论而开倒车的议案；一是反对危害国计民生的贪污事实。在前一项目之下，如他反对提倡所谓国医，就是显著的例。他认为哈维发明了血液循环三百年之后，到今天还要把人的身体分为上焦、中焦、下焦三段，简直是对于人类知识的侮辱。他为这个问题从抗战前在南京的时候就写文章讨论起。因为他研究过实验心理学，同时自然他也很懂得生理学和生物化学，所以他这些文章，理论非常精辟，文字也写得非常精彩。说到此地，我又忍不住要提孟真一件趣事，很可以表示他一种特殊可爱的性格。有一次，为中医问题孟真反对孔庚的议案，激烈的辩论了一场，当然孔庚辩孟真不过，于是仍气得在座位上辱骂孟真，骂了许多很粗的话。孟真也气了，说是："你侮辱我，会散之后我和你决斗。"等到会散之后，孟真在会场门口拦着孔庚要决斗了。他一见孔庚年纪七十几岁，身体非常瘦弱，孟真立刻把双手垂下来说："你这样老，这样瘦，不和你决斗了，让你骂了罢。"这虽然是一个插曲，也可以看出孟真决不是硬心的人。我常笑他，"你这大胖子怎样能和人打架。"他说："我以体积乘速度，产生一种伟大的动量，可以压倒一切。我为之大笑。可是他真用这个方法，打胜过人，这件事在此地只有张道藩知道。

至于说到为了他的第二种主张，他真能表现不畏强御的精神。他认为现在革命过程中的一切牺牲，是为民众利益的，不是为贪官污吏中饱的，不是为买办阶级发财的。他说："我拥护政府，不是拥护这班人的既得利益，所以我誓死要和这些败类搏斗，才能真正帮助政府。"他主张"去恶务尽"，他主张"攻敌攻坚"，而且他一动手攻坚，决不肯中途罢手。有一次，在重庆为了某一种公债的案子，他在国民参政会发言到结束的时候，郑重声明他这番话不但在会场以内负责，而且在会场以外也负责，他愿意到法庭对簿。这话使全场兴奋，可是使我为他捏了一把汗。会后我去看他，问他为什么敢作这样肯定的话。他说："我没有根据，哪能说这话。"于是他取出两张照片给我看。可见他说话是负责的，绝对不是所谓大炮者可比，也绝不是闻风言事的一流。这种有风骨的人，是值得敬佩的。

他拥护政府，决无丝毫自私的企图，因为他并不希罕任何官做，更说不上任何其他利益。他拥护政府是为正义，是不要中国人为俄国人所奴役，是要保障中国人的自由民主。他对政府最忠实、最热诚，所以他是政府最坦白的诤者。

孟真反对共产，反对唯物史观，可是他主张经济平等，消除贫富界限。他自称为主张自由社会主义的人。他不曾有任何经济学说和制度的系统，不过他这种经济平等的观念是很对的。他自己不但生活简单，而且很穷。在开第一次治丧会的时候，刘瑞恒先生报告出来，说是在孟真临死前的两天，他托刘先生托便人到香港去为他带一件西装的上身，因为他有两条裤子，可是上身破了；他并且限定刘先生不能替他花过港币一百元；刘先生说稍微像样一点的要值一百五十元，他就有难色。孟真的廉洁是可以说是很彻底的。我们可以说，孟真贫于财，而富于书（他的书却不少），富于学，富于思想，富于感情，尤其富于一股为正气而奋斗的斗劲。

孟真因为富于斗劲，所以常常好斗。人家一有不正当的批评，不正确的主张，就立刻用口用笔和人家斗起来。许多朋友都好意劝他，说他血压已高，此非养生之道。在他去世前两天，我还用讽刺的话来激劝他，要他不要和蟋蟀一样，被人一引就鼓起翅膀来，结果反引起他一顿反攻。孟真好动气而不善于养气，是无可讳言的事实。可是其中有一部分是由于他办事太认真，和是非观念太强之所致。一个优点里可以带弱点，一个弱点也常由优点出发。

孟真丢我们而去世了，我在哀痛的情绪之下，匆促赶成这篇文章。我所写的不过是孟真和我接触较多时期的动态，因为在这时期我所知道的或者比他人清楚一点。至于复员后孟真主持北大时期，和最近两年来主持台大时期，都有伟大的贡献。可是现在知道的太多了，何消我说。我只想说一句话，就是一个人死后，弄到这许多朋友们流泪，许多青年学生们，千百成群来痛哭，不是一件容易的事！不是一件普通的事！

孟真死后的第二天的下午，我到他家里。大綵方才由极乐殡仪馆为他换好服装回家，她忍不住痛哭。她说："我在殡仪馆不敢哭，恐怕他听见！"这话我们听了，真是心如针刺，朋友们又是全体掉泪了。此时失了此人，实在是不可弥补的损失。大家的悲痛，都是情不自禁的。大綵别过于哀伤了！因为这不是你一人或是你一家的哀伤！我也万万想不到这次回台湾来和三十四年的老友，见最后的一面！

我想以"纵横天岸马，俊逸人中龙"两句话来形容孟真，第一句形容他的才气，第二句形容他的风格。子水在他一死以后，立刻就说"孟真一生代表的是浩然之气"。子水引用的这四个字，比我上面所想到的更要浑成而接近孟真一些。可是浩然之气，还要靠养成的，而孟真却是最不善于养气的人，所以我认为孟真所代表的是天地间一种混茫浩瀚的元气。这种淋漓元气之中，包含了天地的正气，和人生的生气！

刘师培做侦探的经过

在前清末年，中国最大的经学家，恐怕要算刘师培了。章太炎也常说："以小学论，刘不及我；以经学论，则我不及刘师培。"

在日本的时候，丁惟汾先生和刘师培也很熟，他说："刘师培这个人很怪，看起书来，可以说是过目不忘，落笔可以说是江湖直下，只是这个人连自己吃饭吃饱了没有，都是不知道的；你尽给他吃，他也会吃下去，你叫他停止，他虽未饱，也就停住。"刘师培在《国粹学报》时代，署名为刘光汉，以文字震动一时，也很得同盟会里面人的信任。但是他一切的行动，却受制于他一位姓何的太太，而他的太太和她的表弟姓汪的有一种不可告人的关系，所以刘师培也就间接的受姓汪的影响。当刘师培奉同盟会命令回国的时候，他的母亲也在日本，她对丁惟汾先生说："申叔（刘之字）为人，下起笔来胆子比老虎还大，做起事来比老鼠还要小，他这次回国，请丁先生送他一送。"所以丁先生遂送他上船，并且把许多秘密的信件——特别是关于运动山东军队的秘密信——都交给刘师培带回国来。当丁先生交信给他的时候，这位刘太太在旁边很注意地看，丁先生还不十分注意。哪知道刘师培一回到中国，就投降了端方，而替满清做侦探了。因为端方对于革命党的政策不主张杀，而主张给官他们做的，刘师培内迫于太太，外诱于端方，丁兄便做了一个牺牲者了。刘师培回国以后，把丁先生交给他的秘密信，一气交给端方，于是山东的军事秘密已完全泄漏，被运动和去运动的几个同志，或者同情革命的人，都由端方打电报给山东巡抚逮捕。幸而这个电报到巡抚衙门的时候，巡抚的秘书也是一位革命党，不待电报翻完，立刻通知在军队中的同志逃命，于是他们个个逃掉。这件事几乎使丁先生在党内蒙不白冤，他说起来，至今犹觉伤心。

刘师培做侦探的本领也笨极了。每个日本船到岸的时候，端方教他站在码头上，见是上岸的人，都叫他去认是否是革命党人，党中人因此而死的有一位姓张的同志。后来党里面知道刘师培的卖党，乃是姓汪的主张，所以便决定收拾这个姓汪的。姓汪的在上海租界里住着，有一天，接到一封恐吓信，说是"按照你所做事情，我们要你的性命"。姓汪的得信后，非常恐慌。第二天，接到同样的恐吓信，他急了，把这封信送给一个朋友看，这个朋友安慰他说："你对于这类恐吓的信，很可以不在意。"哪知道第二天，姓汪的竟是在一天内接到四封同样的信，汪恐慌极了，又问计于这位朋友，这位朋友又安慰他，说是"这样的信，你不必在意，我们同出去散步吧！"两个人同行到四马路时，果然来一枪手，姓汪的性命便告终结，这个朋友也就不见了。大家可以猜想得到打他的是谁，丁先生说，可惜他忘记了这位打姓汪的人的姓名。歇了一个礼拜，我和陈果夫先生说起这段故事，他说，这个朋友就是王金发，是后来光复时候做绍兴军政府都督的那位人物。

女画家孙多慈

当我长中央大学的时候,出过几个有天才而兼有很深造诣的女文艺家。最著称者文学中是沈祖棻女士的词,艺术中是孙多慈女士的画。沈女士的词,最初为眼界最高而批评最严的黄季刚先生所击节称赏,以后沈尹默、汪旭初、汪辟疆诸先生甚至于誉为李易安后第一人。在艺术中孙多慈女士的画,出色当行。在她这一道里,可以和沈女士的词互相辉映。

多慈有画的禀赋而好学。她是从西画的素描入门的,所以控制线条极有把握。这不是一件容易的事。她对于颜色的感觉极锐敏,可是能选择,从复杂的颜色中能抓住其调和性,所以得借此不乱不俗的色调,以发挥其最高的情调。既能准确地控制线条,又能多方地运用颜色,又有她自己的灵感和体会,所以她的画能从人体和风景两处见长。

画家是不应当自己满足的,是不应当拘禁自己在一块园地里的,于是多慈在近年来颇致力于国画,欲发展新天地。初作不免有一点生硬,可是不久即趋于正常。这是极可鼓励也是对她画的前途极可乐观的一点。艺术在每一时代当有他的时代性,所以国画也不能,并且不会不变。在这东西文艺交流的时代,岂特他山之石可以攻错,而且他山之铜更可借鉴。技巧方法,一定有许多可以通融互证的地方。多慈有这好的西画根底来从事国画，是多么便宜。我看唐朝周昉、张萱表现出来的线条的美，不禁对多慈将来更高的成就，流露出预贺的心情。

我自己最惭愧。我生平很爱好音乐，可是自己不会弹一下唱一声。我生平很爱好图画，可是要我画一幅虞美人，我就立刻把她变成钟进士。但是——但是我有一套自以为并不肤浅的艺术理论，根据美学艺术批评和美术史而来的。我历年来看了中外博物馆和美术馆以及私人的收藏也不在少数。纵然我不配谈理论，我却有欣赏的资格。

我以这种欣赏的资格，来表示我对于孙多慈的画的欣赏！

我虽然曾为这两位女文艺家在求学时代的中央大学的校长，但是，我这位外行的校长对她们的造诣，一点不曾也不能从教学方式来直接帮助她们。所以我的话是没有偏心的话。

从朱德群教授的画谈到艺术

以极敏锐的灵感，摄取自然的美象，使其藏入心灵深处，再让他流露出来，才能形成美的艺术，也才真能表现艺术的美。这个道理，虽非绘画的艺术所得而私，可是在绘画的艺术里表现得格外亲切和显著。看到朱德群教授的画，就可以知道他了解此中三昧。

他是画西洋画的人，他在油画中的能事颇多，这次的展出则以风景画为主体。他第一个长处是善于取景。取景不是一件容易的事，我是好游山的人，把游山来说，入山百里，真正美妙的风光，不过数段，数段之中最堪驻足的观点不过数处，艺术家如能恰好发现到这几处观点，于欣赏之余，还要知道如何剪裁，这是就空间而言；若是讲到时间，则"晦冥变化"，尤其不能放过刹那。我最喜欢看朝霞，也同样喜欢赏落照。这般的赏心乐事，就寄托在所有的形态，所有的色调，变化无穷。我们看朱先生八仙山写生诸作，知道他能争取多少的良辰美景，带回来供大家欣赏。

他用颜色很胆大，他用的颜色很丰富，可是他组成的色调很调和。在这方面，连他的笔触在内，他显然受到现代新派画家的影响，可是他用过功，而且还正在对西洋古典派油画用功，所以他的变化正似有源之水，而并非山洪暴发。他将来到国外和现代派的名画家及其作品，自然会有更多的接触；但是我相信他一定不会变"野兽"，反而能使"野兽"增加人性！因为他是中国人，他的油画里有许多中国风味。

他的品性，表现出他有真正中国文化的修养，他对人很谦和，对名利很淡薄，有为艺术而艺术的精神。他肯牺牲自己的时间、精力，甚至于教学的材料来教人，尤其是教青年，而不肯受酬报。他最富于研究性。他为国父史迹纪念馆画的国父中装像，林主席调马像诸大幅，都是几经研究修改而成。他为总统画的北伐时代骑马肖像，为了那匹马就费三天时间，和马做伴。他观察和速写一匹由我向凤山借来的好马，并且请人为马拍了一百多张照片，才决定了马的动态。读者千万不要笑朱先生笨，朱先生是顶聪明的人，主张这样笨做法的大笨伯是我！我并且相信世界上有许多工作，还得先向笨的基础上做起，希腊一位国王要求几何学发明家欧几里得用最快的方法使他学会几何学，欧几里得诚恳地回答道，"几何学里没有帝王走的路"。

这位有禀赋而能笃学的艺术家，也是好的教育家，自有他灿烂的前途！

为地质学而追念两位亡友

——丁在君先生和朱子元先生

尽心努力忠于所学的人，会死得如此之早，是造化残酷呢？还是人世残酷呢？或是二者兼而有之呢？我真是踌躇满志，搔首欲问苍天！

我和丁在君先生友谊的发展，是为地质学的关系；我和朱子元先生的认识，也是为地质学的关系。而且其中有一段线索，所以我愿意把他写下来，俾留作学术界同人，至少是地质学界同人，和我作一个共同的回忆。

当我在南京的时候，为了要健全中央大学的地质学系，去看在君先生，他坦率地对我说："为了发展地质学这种科学，为了国家将来对于资源的开发，我希望国内大学中，至少有三个健全的地质学系。在北方是北大，在中部是中大，在南方是中山大学。北大地质学系已经有了基础和贡献；中山大学的情形，因为路远，现在太隔膜了；你主持中大，而有此热忱，我希望我能帮助你把中大的地质学系办好来。"我说："好极了，就请你主持何如？"他说："我很愿意，但是我在中央研究院的职务不许可，我一定从旁帮忙。"我说："我要你实际负责，从旁帮忙是不负责的。"他说:"我说从旁帮忙,就是要负责的,你看好了。"我为了要使他能与中大地质学系发生一种关系起见,就聘他为名誉教授。以他在地质界的学术权威而论,他是当得起这名誉的。

这位名誉教授果然非常负责,他常到系里来看看。他有次对我说:"各大学地质学系哪一样功课教得好,哪样教得坏,实际上我早有所知,因为地质调查所录用技术人员是经考试的,从应考的各大学毕业生试卷里,我们早已看得出那种功课的好坏来。"他又有次对我说:"我想下学年来教一课大学一年级的地质学,这是大家认为普通的功课,我认为是最基本最难教的功课。我教过几年,每年用心预备,但是总觉得还是教得不好。"他细心为我策划,应该留哪个教授,请哪个教授;哪个教授哪方面有缺陷,但是可以培养;他预备如何调请他到地质调查所去若干时期,如何补充其缺乏的知识和经验。他为了请教授问题,和德国的席惕勒教授等通过几次信,并且把来往的信稿给我看过。他还有一件最使我感动的事,有一位教授太注意经营财产,而忽略了学术的进修。他把这位教授请来,坦白诚恳地对他说:"以你的学历和基础,是可以做一位很好的地质学家的,为什么你只管上讲堂里的功课就算了?若是你不改弦更张,你的学术就要落伍。我若向校方提出,下学年或就不续聘你。"这位教授很受感动,真的改弦更张。这种诚挚率真、至公无私的精神,实在令人佩服。这种方式,简直不是中国人的方式,而是西洋人的方式。自然也只有他在地质学界的权威,才可如此。一种学术要在中国树立一个基础,非有一二先进之人,以这种严正的态度,提掖

后进不可。因此，使我想到地质学界在中国有所贡献，是有由来的。

不幸在君先生因公在旅行途中，中煤气的毒素死了。他长眠在岳麓山边，或者还曾含笑地听见几次湘北大捷的炮声。可是地质学界的损失确实太大了。

在君先生死后不久，中大即因抗战而西迁。我仍然抱着以前的见解，以为：第一，地质学系最好交给一位地质学界的权威来领导；第二，地质学是一种纯粹科学，同时也是种有关国家资源开发的应用科学，所以应当与地质调查所打成一片，而且因为师资的关系，和训练学生工作的便利，也应当和地质调查所及中央研究院的地质研究所打成一片。我于是聘请地质学界两位最有贡献的耆宿翁咏霓先生和李仲揆先生担任名誉教授。他们是地质学界的人一致推崇的。

地质调查所近在陪都，咏霓先生又是极热心而公正的人，于是我去看咏霓先生。对他说："要办好中大地质学系是丁大哥——在君先生在时学术界同人常是这样称呼——的遗志，你是他的好朋友，同时又是地质学界的重要领导者，为公为私，请你负起这个责任。"谦让的咏霓先生，居然答应了。他为了地质学系的事，和我谈过好几次，而且费了许多心思，写了许多信。他以为："地质学家中教了几年书的人，应当出去一个时期做野外工作；做过相当期间野外工作的人，应当到大学里教几年书。"于是和我商量了中大和地质调查所合作的办法，并且计划学生将来从事实际工作的方针。那时候朱子元先生回国不久，咏霓先生说他学问很好，仲揆先生也很赞赏他，可是重庆大学已经聘请他做地质系主任了，于是我再三和重庆大学校长商量改为合聘。我以前和子元先生毫不认识，我认识他是由此而来的。

但是我和子元先生见的面时间很少。在合聘期间，我曾到重大地质学系办公室看过他一次。我从自己得到的印象，和友生方面听来的事实，深深知道他是一个很谨饬的人，学问有造诣，研究有热忱，做事有条理。一般地质学界的朋友，都很愿意同他合作，这都是很难得的条件。

在二十九年夏天，中大地质学系主任向我辞去主任职务。咏霓先生于是为充实中大地质学系起见，兼为发展地质学起见，费了许多苦心和努力推荐子元先生为地质学系主任。子元先生谦让不肯，咏霓先生用车子接他到家中谈话，再三强之，责以大义，并且允许他代邀几位专家来帮助，他才答应。不料以后发生一点小小的波折，我也不愿再讲。可是当时他就立刻向我辞职，并且将专任教授的薪水退回，这件为学术的努力，遂成泡影。这是很辜负咏霓先生和对不起子元先生的。可是从这段经过里，我对子元先生又得到二重认识：一，他是难进易退的人；二，他是耿介廉隅的人。

我是三十年秋间辞中大校长职。以后的事，自然不在我任内。我可以说的只有一点，就是我是八月下旬方才交代的。在交代以前，全校聘书我都未发，继任校长顾孟余先生是在九月底十月初才陆续把聘书发完。在这新旧交替的时候，自然子元先生还是重大专任教授，领购重大平价米是当然的。在我交卸的时候，子元先生带领了重大和中大学生在外考察，也是事实。至于他回到重庆以后，接受了中大地质学系主任聘书，就把八月份中大送他的米贴退回，则中大自有案卷可查，毋庸我说。他在我任内因辞职而随同退还专任薪水的行为，使我决不相信这种耿介廉隅的人，会有心冒购五斗平价米。一位专心学问不事生产作业的学者，竟以在外考察时期的家庭斗米问题，蒙一时不白之冤而致死，我们也只有为学术界而仰天太息了！

子元先生死后，有七八位科学家——其中有四位是地质学家——来看我，说是"子元先生蒙不白之冤而死，世间太无公道了。我们学术界还有一班埋头苦干的人，使他们看了太灰心短气了。其中许多恩怨问题想来你也知道，请你就你所知，务必发表一篇文章，证明子元先生的人格"。我说："我的处境，不便在此时发表文章。恩怨问题，我更不便谈。但是我可以告诉诸位一件事实。这件事实是当子元先生死后的第三日，我到本年度高等考试的阅卷场内去阅卷，场内有十几位各科的专家，报纸送进来了，有人发现报纸上对子元先生不正确的批评，全场放下试卷来看报，可以说是一致愤慨极了，所说的话很多，不必复述。有一位拍案叫道：'难道盖棺还不能论定！'有一位悲痛地叹息道：'公道何存？'从这种情形里，正可以看见公道的存在，所以请诸位不要灰心罢。"

子元先生的人格，自有人认识。正如在君先生为地质学一段努力的经过，还有人记得一样。

谨写这一段忠于事实的记载，以纪念他们。

圣雄证果记

这样好的人，会这样惨的死。想到这点，谁不会感觉到"人生至此，天道宁论！"

正在一月三十日星期五的傍晚五点五十分的时候，我还在办公桌上，一位馆员来和我说："甘地先生死了，是被刺死的！"我惊异得跳起来，说："哪有这事，你听错了。"他说："这是全印广播电台方才的报告。"因为这消息太使人震动了，几乎使我不能或是不愿意相信，于是坚持地说："莫非你听错了。"他说："没有，还有一位印度馆员一道听见的。"转身他同一位老年的印度馆员进来，全脸眼泪，重述一遍广播，于是我不能不信，招呼立刻预备车子出去。

正六时车子出门，只见满街是人，像落了魂魄似的，不知何处去找。号哭的声音，不需多开窗子就可听见，而且沿路都是。我首先去到国务总理尼赫鲁先生的官邸，代表国家和元首向印度政府作正式的吊唁。当然他不会在家，于是留下写好来意的名片，再到甘地先生遇刺的贝拉住宅（Birla House），去向死者致敬。这是甘地的友人贝拉的住宅，最近两次他来新德里，都单身寄住在此。房子很讲究，门内草地很大，他就利用了作为晚祷场，常到几百或几千人不等。车子到大门还远，已经无法前进

了。我下了车步行，幸而军警和民众因为我在公众集会中出面较多，大家相当认识，所以都很客气地让路，但是到了内宅的门前让也无法让了，挤在人群里窒息了五分钟，才由便衣的人一寸一寸地为我开道进去。

进门后更是一片凄惨的哭声，几乎看不见一双眼睛是干的。我首先遇见的就是潘迪特夫人的小女儿Tara和奈都夫人的二女儿Bebe。她们一面同我握手，一面哭不可抑。我进到甘地先生遗体所在的长方形房间里，看见遗体停在上端偏墙的一角，平睡一个放在地板上不过三寸高的软垫上，围着他的三十几位女子，大部分都是他的家属和亲戚，口里带哭声地在念经。他的儿子有一个坐在外围的一圈里。我缓步到遗体前面，看见他身上盖着克什米尔式花纹的棉毯，头部肩部露在外面，面上带着慈祥的笑容，一点没有挣扎愤恨痛苦的表现，是多么可爱的一位老者。暗杀到这样的好人，世界上哪有这般忍心害理的事！我正心诚意地向他行三鞠躬礼后，也站在那里发呆了。这不是一种感情的悲痛，是出神地想象到印度和人类悲惨的前途，与这慈祥的笑容作对照，不由得不悲从中来。

痴立了一会，哲学的反想和历史的教训，像潮水般的向我心灵袭击，我受不住了，乃找到尼赫鲁的一位亲戚，把他拉到房角，问他经过情形。他说："这事发生在下午五点十分。甘地翁和副总理等内政部长巴特尔谈了一点钟话，拿表出来一看。知道已经五点，他规定祷告的时候到了。匆匆结束谈话，即照例由他两个孙女，扶他到祷告场去。（并且照例他把两只手，每一只放在每一个孙女的肩膊上，支持他进场。）他进场的时候，合十为礼，并且口说'今天迟了'。听众照例答礼，不意有一个听众，利用低头答礼的姿态，顺手拔出自动手枪来，在距离不到三五尺的地方，向甘地翁接连射击，甘地翁轻轻地做要劝阻的姿态，已经中枪了，中到第三粒子弹的时候，仍轻举双手向凶手合十，然后倒地。口里叫了两声'上帝！上帝！'即不省人事，医生来也没有办法，过了三十分钟，这位非暴力主义的先知者，不料竟死在暴力之下，而且死在他一生和一心要拯救的印度人的暴力之下！"我又问他凶手逮捕没有。他告诉我："业已逮捕，凶手见暗杀目的已达后，知道无法逃脱，即欲返枪自杀，被靠近一位参加祷告的空军军官擒下。"在这当儿，我可以提前补充说一下。第二天我们知道审讯的结果，凶手名叫"该得死"（Nathuram Vinayak Godse），是新闻记者，蒲拉（Pooma）地方 *Hindu Rastra* 报的编辑，据说是"大印度教会"（印度教反回教极端派的组织）的工作者。于二十八日由孟买坐二等车来德里，三十日就犯下这无可饶恕的罪恶。印度政府和社会人士都认为这是有组织的阴谋，但是这件大案子正在法庭侦查之中，暂时不能随便说话，何况局外人更不便说话。

我和这位朋友谈过以后，再去一展遗容，又一鞠躬后退，可是这时候尼赫鲁先生听说我来，正从其他房间赶到，他面色苍白，眼带红圈，我向他安慰的时候，他向我苦笑。勉强以嘶而且破的声音说了一声后，他太悲痛了！精神的打击和震动也太大了！

我要回馆，可是内宅的几道门都被外面的人堵塞得水泄不通。于是有三位印度朋友特来招待我的，约我在内客厅稍坐，希

望从这客厅里的玻璃屏门,人家不注意的地方,乘机开出,不意两次试验都失败了。我们乃安心坐下稍候,随意谈天。我说前两星期报载有人在甘地先生晚祷场投过手榴弹,我当时深觉不安,认为是不祥的象征。前几天尼赫鲁先生在Amritza向群众讲演的时候,又有两人谋刺,今天竟出了这不幸的大事,我想是一条线索的。何以当局不注意防范呢?其中一位说:"是的,悔也来不及了。不过警务人员于上次手榴弹案后,曾经主张在进晚祷场时检查,甘地翁极力反对,结果只是宅外多站了两个警察,有什么用?又有谁想到我们印度人中竟有人会干出这种事来。"另一位说:"这是一位终生奋斗给我们自由的人最后所得到的报酬,我们没有脸见人了!"说罢流泪。又一位说:"这件事使印度在国际间所发生的影响太坏了。我们克什米尔问题正提出在联合国安全理事会,现在落得巴基斯坦代表出来说,'你看,印度人连他们自己最崇拜的甘地都不能容,还能容回教徒?'唉!我们糟了!"我于是安慰他们道,世界这种前例也有。一生主张救世爱人的耶稣基督,也是在十字架上钉死的。其中有一位慨叹地说:"可是钉死耶稣基督的还是罗马人呀!"我忠实地记录下这番话,可以见印度朋友们真正的悲痛、愤慨和自责的精神。

第二天(卅一日)早上,政府宣布了出殡的路程,火化的地点,出发的时间。印度政府因时间仓促,没有留下外交团参加送殡的行列,所以大家没有参加。我想中印的关系如此密切,而且甘地先生和我们还有私人的感情,决以届时设法径赴火葬场为是,我把这意见告诉印度外事部,他们自然表示感谢和欢迎,答应为我们找一条汽车可以勉强通得过的路。这是一件不容易的事。德里的人，德里附近农村的人，以及远道坐火车汽车飞机来的人，不断地都来了。从移灵地点到火葬地点，在真谟拉（Jumna）河畔名叫 Rajghat 约五英里半长，两旁人挤得像铁桶似的，中间殡仪的行列，只可像蚂蚁般在移动，尼赫鲁和内阁阁员与甘地先生的家属都环绕着遗体的前后左右。由陆海空军担任着护灵的仪仗队，当然空中还有飞机散花。行列中更有华侨的一队，扬着中印国旗和"甘地精神不死"的白布横额，乃是引人注意的目标，因为这是唯一的外国行列，这却是华侨自发组织的。这整个行列从十一时半出发，至四时半方到；正是一时半的时候，我们接到外事部的电话，说是如果我要去，请十二时到总督府北院和总督一道出发，他们计划好了路线，于是我和钱参事存典、糜秘书文开，带了花圈一同前去取齐。在那里出发的除了蒙巴顿伯爵夫妇及两个女儿与一个女婿而外，还有联合省省督奈都夫人，卫生部安瑞悌柯尔女士（其实她是土邦的公主，却做了一生甘地的义务秘书），和教育部长亚沙德（他是著名的回教徒学者）等一行约二十人。我竟是唯一的外国使节。绕了许多曲折的远路，三时半到火葬场。四周的人已经是黑压压的像芝麻一般。后来报纸上有的说七十万，有的说八十万，其实谁能计算。

　　火葬场的中心是一个砖砌的长方形的台子，约三尺高，分为两层，第一层可站执事的人，第二层在第一层的中心，为遗体焚化之处。第二层上已排列很粗成段的檀香木约两批，以备遗体放在上面。蒙巴顿总督和我们都围坐在这砖台四周距离约二丈的草地上。等到四时半过了遗体才到。尼赫鲁是走来的，现在才加入我们这一组坐下。大众呼号哭泣的声音震动天地。首由印度教的教士念经，诵吠陀经典的若干部分。然后由我献第一个花圈，我献过以后，再看这位老者的遗容，一点不变，还是这般和蔼。那时候四周抛过来的花，缤纷如雨。教士仍在继续念经，而遗体四周又架上了许多干木，有些不像檀香木，后来听说有芒果榆的木材。木材上再加上固体的松香和液体而白色的奶油（印度名字叫Ghee）。这是合于印度教规定的做法，同时也因为这些材料燃烧力大，气味也好。这焚化的火是要由小儿子点着的。那天点火的是圣雄之第三子Ram Das Gandhi，其他较长的Deva Dao Gandha（德里《印度斯坦时报》社长兼总编辑）也在身旁。在正要点火之前，四围民众疯狂了，或是要看圣雄遗体一眼，或是要摸他一下，或是要得一毫半发留了去供奉，人潮似海竖起来似的卷来。仪仗马队不得已竟用武力来维持秩序，这似乎不是圣雄所愿意的；但是不是如此，或是火点着再迟一会，则圣雄的遗体，也用不着火葬了。

火着以后，大家唱圣雄平日爱唱的赞美诗。"圣雄不死""圣雄业已成神"的呼声四起。我们散了，幸赖总督的卫士和军警四面努力，然而我们已经不胜窒息之苦，否则颇有挤断肋骨的危险。大家要知道，这些来的人不是好奇，乃是印度民众为爱戴甘地而掀起了宗教的狂热。

这火烧了一整夜，第三天（二月一日）钱存典先生再到火葬场去，仍然看见无数的群众围着在凭吊唏嘘。到了第四天（二月二日，就是焚化后的第三天）圣雄的儿子亲去收灰，这灰印度人已称为"圣灰"，并在其中寻到一粒打中在身上的子弹。他把灰装成两包，把未烧化的小块骨头用一个铜瓶子装好。照印度教的办法，原定于二月十四日灌在Allahabad城外的恒河中，可是在今天（二月三日）早上国大党的秘书来看我，说是他们决定把这圣灰散在印度各重要大河流，不只限于恒河这条"圣水"以表示圣雄遗爱，散在各处。

甘地先生死了。这一死不只是印度不可补偿的损失，而且是世界和平的重大损失。这一死对于印度政治社会前途的影响，恐怕只有将来的历史可以充分地说明！

世界上伟大的人物，常是在时代前面的人物，因此常常不能为他同时的人所了解，而且往往为他同时的人所怨恨。伟大政治家林肯于放奴战争胜利后而被小人所暗算。伟大宗教家耶稣基督竟被门徒所卖，遭罗马人钉在十字架上。但其感召的力量，决不因其一死而止。甘地先生，你及生看见独立的印度，即此一点，你也可以得着安慰了！

在滔滔的恨海里，你博爱的精神，是一股温暖的爱流。在弥天烽火的世界里，你和平的福音，是一道灿烂的祥光。你不能及生而见，但是有一天一定会弥漫着，照耀着人类的心灵深处！

和平村纪游

凄凉的山雨，萧飒的冷风，培养出万山间一条静寂的小河中，新肥的浪纹。一只小小的渡船，载我过去。时在三十年十一月八日的下午三时，于贵州东部的某地。

风景虽然沉默，我心中的血流，却在猛烈地激荡，因为我渡过这小河后的任务，使我的情绪发生了绝大的冲突。同一下午视察两个绝对矛盾的机关，我的情绪焉得而不矛盾？

大约因为地点的接近罢！地方行政当局把我视察第几伤兵医院和第几俘虏收容所的任务，排在同一个下半天。这是两个多么不同的场合——从外表以至内心？

在伤兵医院里，见到四百多断腿折臂的荣誉军人。我在任务上代表中央，对他们讲话；以热烈的情感，致恳切的慰问；并且分给他们一点慰劳金。他们情绪上的反应，只有火山才可以比拟罢。我赞美他们作战时的壮烈，他们脸上表现的真个英雄；我慰问和抚摩他们的伤痕，他们又忽然变成孩子。他们看见中央有人来慰问，真像多年流浪的孩子，见到父母一般。他们内心的微笑和伤感，只看他们夺眶的眼泪才可以认识。我的眼泪也要夺眶而出了。多年不流的眼泪！但是彼此的眼泪都不是通常儿女的眼泪！他们听见我说到蒋委员长，他们不是立正，而是不断的欢呼！

从伤兵医院到俘虏收容所，不过二十分钟的步行。我又要转入多么不同的环境里去呀！我一边走，一边压制我胸中已经奔放的感情。我有时不知不觉地把脚步放慢了。在路上凝神地在想，不，出神地在想。

我想到方才伤兵的伤，或者有些是现在的俘虏，当年蛮横的寇兵，直接造成的。这使我多么难过！

我又想，想到他们现在是解除武装的人。我们中华民族的风度，是不欺侮无抵抗的人的。我们对于这些手无寸铁的人，还要责备他们，增加他们心理上的痛苦，不算英雄。方才俘虏收容所的主持人不是告诉我吗？说这些俘虏之中，还有反战大同盟的组织；其中有些人还放出去过，让他们演出东亚之光这出反战新剧的。我还想到中央不是派过飞机飞到日本，不投炸弹而投传单，以劝导敌国人民吗？何况日本的军阀，送这些可怜的人们到俘虏收容所来，给我们劝导呢？

我想到此地，方把方才的情绪，强迫地压制下来，迈步踏进俘虏收容所——就是当地所称的和平村！

村里有五百多人，其中有大学毕业生，有中小学毕业生，有工人，有小商人，有职业的士兵；还有两个女子，一个是营妓，一个是飞机上的女无线电员。除女子而外，他们都穿着中国士兵的灰色军服，脚上有许多还踏着木屐。他们每天有早操，有功课。他们中间的觉悟分子——多属反战大同盟分子——组织得有高级研究班，时常举行讨论会，讨论东亚和平问题，一般的俘虏也可以参加。他们讨论出来的结果，写成很美术化的壁报。后来他们揭了一张下来送我。

他们的籍贯，分散在日本各地。他们被俘的地点，在中国每一战场。在湖北、湖南、江西、安徽、江苏、山东等处来的不必说；还有从太行山、中条山来的；更有一个是从天津附近静海县解来的。这是因为中国游击队要表示他们力量达到的范围，所以有这种远道"献俘"的举动。地面来的不算，还有天上掉下来的呀！

堂堂的中华民国，究竟宽大。在这香港交通还能维持的时候，我们准许俘虏和他们的家庭通信。他们的家庭有时也还有衣物和金钱寄来。我们有这宽大的精神，可是日本政府却大大不同了。凡属原系小商人等项职业的俘虏，日本政府才准他们的家庭写信和寄衣物来；至于职业军人被俘的，他们的通信权和家庭寄物权，却被他们自己的政府剥夺了！"其存其殁，家莫闻知。"这是日本政府有意为他们"出征军人"造成的痛苦。

最可笑的是他们的亲戚故旧，在和平村里初次会见的情形。新来的人对于原来在和平村的亲友，骤然相见，几乎不敢相认。凝视半晌，才开口问道："你不是战死了吗？你的尸灰都作'无声凯旋'了，为什么你还在此地？"是的，他疑心"眼见鬼"了！日本的尸灰，原来有这种的妙处！

我生平演讲，哪怕是对我自己的学生，常常不愿意用"训话"两个字。但是这次就承受了"训话"两个字罢！这番训话是下午五点开始的。我在台上讲，台下有十六支铅笔在笔记。这种大规模笔记队的阵容，构成我生平第一次阔气地演讲，不，是训话。

我相信板起面孔来讲是没有益处的，所以我完全用教育者口吻来说法。我首先描写日本的风景，描写家庭的甜蜜，以动他们思乡之念，由此以打动他们的心弦。再进一步去告诉他们侵略战争的狞恶，使他们扪着良心，为因日本侵略战争而离乡背井、妻离子散的中国人想想。更进一步，使他们认识日本前途的危险。他们的军阀盲动，如何毁灭了明治苦心建立的日本帝国基础。我不谩骂他们，我要他们反想；我不责备他们，我要他们心服。最后，我提出一个口号，勉励他们"以后永不做武装屠杀的斗士，而做和平幸福的先锋"。

我想这番话不见得毫无影响。我讲过以后，退到休息室来，他们在会场里已经推出三个代表来见我。据他们说，他们听了很感动。他们拿了一张条幅纸请我写字，我就提笔写了"愿诸位以后永不做武装屠杀的斗士，而做和平幸福的先锋"两行字，留下做个纪念。他们又要请我在第二天来吃饭，并且要开一个欢迎游艺会来欢迎我。我低头想了一想，也答应了。

正是第二天，九日的下午六时，我又渡过了这条静寂的小河，还是冒着蒙蒙的细雨，重行踏进和平村来。俘虏做了三盘大菜，其中一盘盛着一条大鱼，上面堆了花。我吃了两筷，觉得太生。可见这菜是中国做法，还脱不了日本味口。

饭完以后，游艺会开始了。开场就是欢迎词，一连三篇！第一篇是用中文写成的，先由日本俘虏念，再由日本俘虏翻译。第二篇是日本文的，也由日本俘虏译成中文。第三篇是英文写的，由日本俘虏宣读。听说宣读的人是一个日本庆应大学的学生。我洗耳恭听，也只听懂了百分之二十。

欢迎词毕，由二十几个高级班的分子，在台上合唱"起来！

起来！不愿做奴隶的人们"这个中国抗战歌。接上就是一出独幕剧。剧情是表演明治维新以前日本社会思想混乱的情形。台上四个人，代表四个人生态度。一个是和尚，天天喝酒玩女人。一个女人，天天卖弄风骚，以喝酒、赌博、玩和尚为事。一个游浪者，天天在街头吹箫，瞎唱，要钱过活。最后出来一个武士，也是醉醺醺的状态，提了一口倭刀乱砍。那时候正值这女人与和尚在调情，于是他一刀把和尚砍死。砍死以后，他引吭高歌一曲；唱完后掷刀倒地。据和平村中一位主持人姚开白先生对我翻译这歌词大意是：这武士自述知道砍死了人，而自己不知道为什么要把这人砍死，于是感觉到迷惘和悲哀。是的，这正是日本武士道的迷惘和悲哀！

正戏上台了。这是一出三幕剧，描写日本贵族阶级与平民阶级的分野。剧情的大意是，日本当年盛行"高利贷"。有一个酒店的主人欠了放高利贷的人的钱，这人前来索债，这酒店主人还不出。但是他有一个漂亮的女儿，被这放高利贷的人看中了。主人既然还不出钱，放高利贷的人便要抢他的女儿。正在无可奈何的时候，一个伯爵的儿子，西装革履在店门口出现了。他把这凶狠的放高利贷的人赶走。但他自己看到这漂亮的女子，又一见倾心。可是按照日本的社会风尚，贵族和平民是阶级悬殊，不能通婚的。这位热恋的青年怎么办呢？他于是心生一计，想把这个酒店主人乔装贵族，去见他的父亲，强认作这是一头门当户对的亲事。可是这个几十年开酒店的老头子，实在生活习惯、举止言词，太不可救药了。于是他又另打主意，想再改造这个女孩子的哥哥。他开始了对他训练的工作。他告诉他，当他去见老伯爵的时候，老伯爵是要考试他一下的。老伯爵一定先要拿一把最心爱的剑出来给他看，要他说出这剑的来历。他便先把这剑的历史教会他。于是老伯爵知道这少年是出自有教育的家庭。按照老伯爵的习惯，第二步就是要这少年和他的儿子比剑。他儿子的剑术是第七段，于是他们约好，由他输给这少年一剑，使老伯爵看了这少年剑术高明，联想到他的家庭门第一定很好。哪知道这少年，就是这女孩子的哥哥，是个傻子。教来教去也教不会，闹得笑话百出。这头亲事，也就完了。这是因阶级而造成的爱情不自由。

我看到第二幕终了以后，时间已到深夜十一点半。我还要过渡回到旅舍。于是招呼他们继续演下去，我先离座了。他们还要我稍停一下，将第三幕暂停，提前表演一个压台的跳舞。

这跳舞是单人表演的。在舞者出台以前，由一个日本俘虏先行报告，说："这位舞者是东京附近某个小城里的跳舞教师，在东京也上过台，颇有一点名气。现在由我们日本的军阀，把他送到和平村来，表演给罗先生看！"这个舞者于是裸体的腰围一匹红绸，距跃三百，曲踊三百"地舞起来了。跳了一段，高歌一段，似乎有点悲感的情节。

舞完了，我也起身了。忽而有一个俘虏提议，要高呼"罗先生万岁"三声送别。他们居然都站起来叫；而且叫的时候，是两手并举的。我一生没有人叫过我万岁，有之，自日本俘虏始！

这是子夜的时分，三五个小灯笼，照不见崎岖山路上的积雨；到了河边，走上渡船，这群小灯笼映在河流里，组合为点点的星光，不断地移动，有时竟成细长的光柱或光绳，倒也美丽。

回到旅舍，辗转不能成睡，稍一闭眼，就看见一面是伤兵医院，一面是和平村。所有经过的情形，无不历历在目，我胸中矛盾的热流，又激荡起来了。最后在入睡以前，忽然眼帘底悬出一幅地图，把这两种情景遮盖了。这是一幅完整的中华新地图，象征我们国家民族的伟大！

诺曼第巡礼

长绿的半岛，带着起伏的丘陵，曲折的海岸，似曾保留着太古的宁静。

瑟堡（Cherbourg）港引来了海上巨舶，和跟随巨舶的喧扰，但这不过是诺曼第（Normandy）的一角，其余在大自然的怀抱里，还是艺人弥勒（J.F.Mille）的画图。

只是这次空前的战争，却看上了这美丽的半岛，选作联军登陆的所在，在战时小地方也闻名世界，是何等的不幸，然而我却为看战迹，说是看风景也罢，远道而来。

正是十二月六日的早晨，海气作成阴雨，我和三位朋友得了一辆小车，绕着这半岛作一次巡礼。瑟堡本身虽经四天的巷战，损坏还少，一到郊外，便满目都是断瓦颓垣。车到高丘少停，知道正踏在一个德军的炮台上面，右边的岩石底下又是一个炮台，成为犄角之势，前面的城市外是苍茫的大海，和两道破浪的长堤。

再循着这半岛沿北线的海岸西去，正是当年希特勒夸口的"大西洋长城"，断续的铁丝网旁边，露出残废的堡垒，坦克零星横卧，长射程炮无目的地指着青空。沿岸的别墅民居，多成残砖焦壁，最有诗意的一堵古雅的石墙，已经被炮火轰去一半了，那残余的一半上，还爬着红叶烂漫的古藤，表示他历劫不磨的生力。

画家弥勒的故居,就在格鲁西(Grnchy)小村,我们能不乘兴一访?这沿路山幽径曲,黄叶萧疏,几栋小屋,俨然世外人家,可惜这位艺人的故居,正为炮火所毁,门上石刻的题名还在,里面已成废墟,依稀地可以看出两间小房。循败坏的小梯上去,那左边的一间想是画室,壁炉旁边靠着一张摇椅,一个酒瓶,想去这已经不是弥勒的故物,但也可以重构当年他凝神作画的神情,玮奇的自然和纯朴的农村,对于这位画家的心灵,是怎样的将他陶醉。

从此到海格岸尖(La Hague)经阿特维(Audervllie)一带,冈峦叠翠,烟雨朦胧,夹路是黄花红叶青藤,映着蔚蓝的海色;黝黑的巨石,像鼋鼍作势,要一跃入海,正迎着白头的软浪;渔舟几行,随浪高低,有时傍着嵯峨的礁石,点缀一轴画图。

忽见沿岸的海面,现出一线残紫,再接一痕新黄,再没入无边的深翠,才知道山后略现阳光。

回看山冈,一重绿罩,一道寒林,不断地互相间隔,黄白相映的花牛,潇洒地在中间缓步,有一个在树下舐犊,流露它劫后母子的纯爱。

牛奶、黄油、苹果,这都是诺曼第丰富的特产。途中遇着一个十二三岁的女孩,紫衣金发,脸庞像苹果一般的红鲜,站在车上,驾着一片黑马,身旁放了两桶黄油,慢慢地前进,正如渔舟般的在雨中荡漾。

从阿特维折向东南,在卡特莱(Carterct)访到一个乡村饭店,吃了一顿田家风味的午餐。软热的面包,充分的黄油,肥鲜的海鱼，松嫩的牛肉，沁人心脾的战前美酒，供我们对着海滩，解除长途的饥乏。这种愉快和自然的情绪，哪是在人海中的伦敦和巴黎所能得到？

沿途经过的圣沙浮（St. Savenr）遭受破坏甚大，一个中古时期留下来的古堡，规模相当宏伟，中弹后只余空旷的隙地。对着残墙，瓦砾中犹见壁炉，正不知谁家曾在炉前相聚，华郎（Valognes）一城，所余不过十之一二，沿途小规模简单的住宅，有少数已在兴修，俘虏的德军，穿着灰色而没有符号的军衣，正在为主人挖土，由破坏者来建筑，当他们一锄一锄挖下去的时候，当不胜今昔之感。

在圣华斯特（St. Vaost）的海岸，我们也踏上了所余而仅见的登陆平底渡船，回想去年炮火的交织，弹花的飞腾，壮士的喊杀，配合着被掀起的海啸涛喧，是何等景况，至今日我在寂静的黄昏，苍凉凭吊，真觉有如隔世。

黄昏吞蚀了大海，回车时从灯光明处，遥知瑟堡在前面迎候。

谁说诺曼第宜于春夏？要知一片青绿，反不如绿色中夹一些枯叶寒林倒是天然逸趣。

海边寂寞的生辰

——记三十四年十二月二十一日生辰

人人都有到世上来的一天——生日，这不是要人来庆贺的日子，而是值得自己回想的日子。

自从我自己能作主张以来，除了家庭有人记得而外，我总不向朋友提到生日的，那天若是和我一道工作的人十分留意的话，或者觉得我在那天到办公室格外早一点。最近三年，我的生日不曾在家里度过。前年我在天水，恰巧约几个朋友便饭，无意中被发现了，那晚围炉相聚，共赏西北的严冬，谈谈此后西北的建设。去年那天我在迪化，天明还没有起来的时候，想冲寒巡视南疆，在风雪漫天的天山和昆仑山下为国家做一点吃苦而带冒险性的工作。一起来就向朋友商谈这种计划。当时做了一首诗道："年年今日付谁知，长忆怀中恋母时；欲向知交话心迹，军情敲断半篇诗。"这是那天实际的情况，这件事受了意想不到的阻碍，固然使我失望，也是国家的损失，只有长叹一声！哪知道今年我的生日，忽在英国一个寂寞的海滩旁边度过。

我离开伦敦坐汽车到蒲尔（Poole），预备登波音飞剪飞往美国。在四点钟的汽车行程中，欣赏三点半钟沿途美丽的风景。

冬令的季节，嵯峨的树下，还是绿草如茵，上面铺着红黄的落叶，以资点缀，格外不觉单调。晓雾盖住低地，像是一片一片的湖面；朦胧的太阳，允许我对他正视；牛羊在树围的牧地上，正进早餐；鸥鸟成群飞翔，使人联想到视线外就是碧海。到蒲尔后才知道由此赴里士本（Lisbon）途中气候不佳，停止飞行。英国海外飞机公司一位声音甜脆的女职员，用原车送我到沙湾海边（Sands Bay）的沙甸旅馆（Sandacres Hotel）中，权领世上的幽闲。

气候仍然不佳，于是幽闲再留我一天，在冷静中回想。海边的独步，窗前的凝望，觉得一平如镜的波光，浮出整个人生的影子。海鸥的低回，树枝的飘拂，又象征这影子的动荡，却是潇洒的动荡。我难道在孤岛上吗？这真是令人出神的境界。在大自然的爱域，忽然涌出慈母对我的笑容，经过痛苦后的笑容。我母亲的孤坟在多年的沦陷区中已经收复了，敌机是否加以损坏？我为什么不先去一看，而今日只身在此？我又想到设如我在家两个孩子欢跃的围着，是何等天真？设如我母亲看了，又是何等高兴？在这过去的三百六十五天中间，我做了些什么？我虽曾直率陈词，又有什么用处？我成了《转绿回黄集》那本小诗。我为著《新民族观》写了二十万字。但是临行前匆匆地仅整理了十六万字，印作上册，下册又何时完成？我又想在这大胜利也是大毁灭的时代，国家向何处？世界向何处？难道我不知道我向何处吗？不！最后这个观念要不得。我不学古人强说"知非"，因为悔恨是弱者。我也决不满足，因为满足者，把肠胃替代了脑筋，但是我不能不想。想人海天相接的混茫。

"我们愿意请你去科尔夫古堡（Corfe Castle）去游玩！"

昨天的声音，忽然来到耳边。想！暂时与你分别。生日去凭吊废垒，是何等别致？

经波尔茅斯（Bournemouth）到科尔夫途中，风景美丽，不亚昨天所经，而且还要幽丽，因为有时加上一重海景。海水浸入田地，成了若干真正的小湖，有些起伏的地形，夹着两边的高树，更显出所望见的层次，决不肤浅，这地方通常被叫做泊贝克岛（Purbeck Island），其实非岛。古堡的废址在小山脊上，占了很好的形胜。当八七六年丹麦人入寇英国的时候，英王亚佛瑞（Alfred）在此曾败丹军；九七八年英王爱德华（Edward the Martyr）在此中了继母的阴谋被害，却因此而在教会中被封成神；于一二一五年签署"大宪章"的国王约翰曾在此发号施令；十四世纪初叶爱德华第二在此被囚；玫瑰战争中的名角商墨塞（Earl of Somerset）做过这古堡的主人；十六世纪末叶美丽的赫登夫人（Lady Hatton）在此曾过她豪华的生活；十七世纪中叶班克斯夫人（Lady Bankes）英勇的防守，使克灵威尔的军队，长期屯兵于坚城之下；以后用内应的方法收复，旋即炸毁，以免将来再成为军事重镇。这里有过宫廷的阴谋，有过骑士的战绩，有过美人的妙舞清歌。还有一段逸事，就是当年赫登夫人要再嫁的时候，哲学家倍根曾向其求婚而被拒绝。后来这位夫人，把她的后夫柯克爵士（Sir Edward Coke）弄到身败名裂。设如当时倍根娶了这位不断发生麻烦的夫人，恐怕他那些哲学名著也写不成了。现在美人黄土，香冢难寻，而倍根的著作，还存在后人的心灵深处。

断续而高耸的危墙依然狞峙，但当年房屋的布置，无从认起，何处是君王膜拜上帝的神堂？何处是囚犯抢地呼天的幽狱？何处是阴谋的内室？何处是纵乐深闺？问那半堵残垣，没有丝毫回声；只是墙上的古藤，静静地在冷风中点头，像是会意、野心、占据、享受豪华，一阵一阵地成了时代巨浪中的泡沫。

我们出来后进入一个一六一六年遗留下来的茶店，门上写着"古老茶室"（"Ye Olde Tea House"，这是古英文的写法），古色古香的房间里，却有少妇当炉。我们同进"下午茶"，"下午茶"对英国人是何等重要！忽然一位同游而多事的美国朋友，为我标榜，于是少妇取出古老的簿子来请我签名，并且要中英文并签。我能拒绝吗？此风一开，同行的十六人中个个买了风景片来要我签名，把我围着，使我有片时的热闹。热闹？热闹场中谁知道我的心情，我的怀抱？这是我内心的冷寂。在这冷寂中隐藏一点小小的骄傲，这却远胜无谓的恭维。

归巢的野鸟绕着寒林，汽车掠过栖枝未定的宿鸟，车前的浅雾淡烟，渐渐地拉拢这一天的人生之幕。

重游巴黎

巴黎,世界的花都。

二十余年的久别,仍然保留着固有的风姿,谁想经过了这一度世界空前的浩劫。

赛茵河蔚蓝色的轻波,依旧荡漾地流着。森林公园嵯峨的高树,成行的向狭长的池水照着苍凉的影子,迎接我缓步地欣赏黄昏。圣母教堂峨特式的建筑无恙,只是白石多边的外围,仿佛多添了一点风雨侵蚀的黑痕,挂着金色的夕阳,与尖顶上童贞女衣上的铜绿相辉映,倍增美丽。小巧玲珑的卢森堡公园还享受他原来的丘壑。罗浮宫中维露丝(Venus de Milo)石像与插翅的胜利(Victoire)两大名作,已回到当年的地位。凡尔赛的镜宫,照过路易十四,照过拿破仑,照过威廉第一的加冕,照过克里孟梭、威尔逊、路易乔治等巨显的会议,不久又一度照过不可一世的希特勒。只是我经过凯旋门的时候,正值阴雨,终觉有点凄凉。

战后的巴黎,居然完整。德军占领期间,居民只有精神的压迫,巴黎却无物质的损毁——除了近郊的汽车工厂,仍然保留着炸痕。法国友人相告,谓德军进入巴黎的时候,军风纪甚好,绝无事前想象中抢劫奸淫之事,和他们在东欧的情形不同。这或者是德军在东西欧的作风,完全两样。

一次访问一个观摩

——参观伦敦《泰晤士报》的回忆

民国三十四年的冬天，第二次世界大战方才结束，联合国在伦敦召开一个组织世界文教组织的会议，产生了现在大家都知道的联合国文化教育科学组织，简称为"文教科组织"。其实这组织最早拟定的名字里并没有科学这个词，把科学加进去是根据中国代表团的提议，全体一致地通过。中国代表团的团长是胡适之先生，我也是代表之一。大会开完之后，我提议参观伦敦泰晤士报社的内部组织及工作情况，于是请陈通伯先生透过英国教育部和该报接洽。在那时候中国是并肩作战而取得共同胜利的五强之一，声势很盛，当然我们去参观，他们更表示热烈欢迎。通伯去接洽的时候，该报社首先声明他们的规矩，每天晚上只接受一个参观团体，这团体的人数不能超过六人。他们认为如此才能使参观的人真正能够了解报馆工作的实际情形，若是代表团要去的人多，他们情愿招待二次，而决不愿一次超过六人。这种办法我想倒是很对的。我们大约是十点多钟到达，先由他的副总编辑和教育栏编辑来招待，叙述《泰晤士报》组织的系统和从采访编辑到出报和分发的步骤，然后陪我们到全馆各部门去实地观察，处处

显出他们迅速、机动和认真工作的精神，这些我都不必多说。我只略举三件事来和大家谈谈。

第一，是他们搜集参考资料的认真和保管资料办法的科学化。当德国飞机对伦敦大轰炸的时候，泰晤士报馆的资料室大部分被炸毁了，可是他们用尽方法重新搜集，虽然不曾复原，可是已经达到相当可以运用的阶段。副总编辑跑到资料室的书架上拿出一个关于我的档案出来，说明这是炸过以后所剩余的。打开一看，关于我的就有二十七条，其中有一条是我在上海扶轮社的一篇英文演讲，还有一篇是我吊英国剑桥大学汉学教授翟尔斯（Giles）的电文，我自己都早已记不得了，看见很为惊讶。他们的编辑工作和资料是分不开的，所以写出来的文字都有根据，论人论事，也都能把来龙去脉搞个清楚。

第二，是他们编辑室和排字房可以说是"同气连枝"，这一边在打字机上打好，那边已在排字机上排好了。写作和排字打成一片，所以他们可以得到争取新闻、报道新闻最大的便利，而我们的新闻事业在这方面可以说是步步艰难，处处吃亏。当然上面所说的便利，不只是伦敦《泰晤士报》一家独有的现象，凡是西洋报纸都能享受。我们对于打字机的改进及其和排字工作的配合，是在近代文化战上最迫切不过的事。

第三，我最感兴趣的是在报纸付印以前，总编辑、副总编辑亲自看大样和修正版面的工作情形。这种工作都是他们站着做的。在一间相当大的房间里，从隔壁推进来一张一张的台子，每个台子恰如整张报纸的大小，高与乳齐，上面是排印好的大样。总编辑和副总编辑就站着仔细地一张一张看过去，文字不妥的地方，或是排列不对的地方，他们就站着修改，有时候还加以讨论，真有一丝不苟的精神。伦敦《泰晤士报》甚至于有向不排错字的名誉，最后校核阶段中编辑部工作人员这种工作的精神，自然是达到这项成果的重要因素。（在十九世纪末二十世纪初，英国社交场合里介绍人相见的时候，有时在介绍词中可能说"这是某某先生，他的名字在《泰晤士报》不曾拼错过"，大约是说草茅新进的名字，可能拼错。这种介绍词颇带势利性的幽默。）

我们看完之后，再由社长、副社长请我们稍进茶点，等我们将出会客室的时候，他们送我们每人一张印好的卡片，上面印着明天见报的我们前来参观消息和我们简明的履历，非常精致，也博得参观者的一种好感。伦敦《泰晤士报》在多少年来大家都公认为是欧洲对于外交、政治最有影响的一个报，他销路并不算很大，可是欧洲各个重要都市和重要的政治社会机构，没有不重视伦敦《泰晤士报》的言论和报道的。虽然现在因为英国国势的削弱，英国报纸的地位也受到影响，可是英国的动态还是欧洲大陆各国所最注意的。而英国在海外的自治领和殖民地，更是要从伦敦这个有历史性的报纸上去窥探英国乃至世界的消息和他们母国的观点。

《泰晤士报》有国内版、海外版，以及各种成单行本的副刊，种类很多，其中以文学和书评的副刊从知识分子看来更有价值，可是他的销路顶多不过几十万份（详细数字我现在举不出来），比起伦敦的《每日镜报》（*Daily Mirror*）和《每日邮报》（*Daily Mail*）每天销到四五百万和二三百万份的来比较，真是瞠乎其后。可是报纸的影响有时却并不和销路成正比例。举一个例来说吧，就是这一年冬，我在伦敦一个理发馆理发，理发师递了一份 Daily Mail 给我消遣。我和他说："你爱看《每日邮报》吗？"他以标准英国人的表情对我说："这是我的报，因为我看了它几十年了，我天天看它，但是我从不相信它。"在英国的的确确有这种情形。伦敦《泰晤士报》因为传统的关系，不免有点故意要显出他的高人一等的态度，或者可说是优越感。在三十年前哪一个人在伦敦《泰晤士报》读者投书栏里面登载过一封信的话，他在社交场合里就可以被人用作介绍词的材料说："这是某某先生，他的信，某天在《泰晤士报》登载过的。"听来虽觉可笑，可是无形中表现了《泰晤士报》在一般人心目中的地位。

　　我是主张报纸，尤其中国现在的报纸，应当平民化，尤其应当在广大的民众里生根，所以我并不主张办报一定要学这种保守的形态，可是伦敦《泰晤士报》这样关于他们国家大事持论的谨严，研究的周密，和办事丝毫不苟的精神，我认为是我们值得观摩的对象。